VENTO SUL

VILMA ARÊAS

Vento sul

ficções

Copyright © 2011 by Vilma Arêas

Grafia atualizada segundo o Acordo Ortográfico da Língua Portuguesa de 1990, que entrou em vigor no Brasil em 2009.

O título da parte 4 deste livro, "Garoa, sai dos meus olhos", é o verso final do poema "Garoa do meu São Paulo", de Mário de Andrade.

Capa
warrakloureiro

Ilustrações do miolo
Página 11: *Fragmentos de um poema de Vilma Arêas*, de Gerty Saruê
Página 89: *Fausto*, de Sérgio Sister, 1983, técnica mista, óleo sobre tela, 1,70 x 1,53 cm. Reprodução © Renato Parada

Edição
Heloisa Jahn

Revisão
Adriana Cristina Bairrada
Jane Pessoa

Dados Internacionais de Catalogação na Publicação (CIP)
(Câmara Brasileira do Livro, SP, Brasil)

Arêas, Vilma
Vento sul : ficções Vilma Arêas . — São Paulo : Companhia das Letras, 2011.
ISBN 978-85-359-1987-5

1. Contos brasileiros I. Título.

11-11721 CDD-869.93

Índice para catálogo sistemático:
1. Contos : Literatura brasileira 869.93

[2011]
Todos os direitos desta edição reservados à
EDITORA SCHWARCZ LTDA.
Rua Bandeira Paulista, 702, cj. 32
04532-002 — São Paulo — SP
Telefone (11) 3707-3500
Fax (11) 3707-3501
www.companhiadasletras.com.br
www.blogdacompanhia.com.br

A Clara e Francisco Alvim

Un pastor se encuentra con un lobo.
— ¡Qué hermosa dentadura tiene usted, señor lobo! — le dice.
— ¡Oh! – responde el lobo — mi dentadura no vale gran cosa, pues es una dentadura postiza.
— Confesión por confesión, entonces — dice el pastor —; si su dentadura es postiza, yo puedo confesarle que no soy pastor: soy oveja.

(*Fábula de Braulio Arenas*)

Sumário

1. MATRIZES

Thereza, 15
República Velha, 20
Linhas e trilhos, 26
Zeca e Dedeco, 34
O rio, 40
Encontro, 46

2. CONTRACANTO

À queima-roupa, 51
Persistência da memória, 53
Habitar, 55
Caçadas, 58
Canto noturno de peixes, 61

3. PLANOS PARALELOS

Lugar-comum, 65
Nem todos os gatos, 68
A dialética dos vampiros, 73
No fundo do rubi, 78
Fulana, 83

4. "GAROA, SAI DOS MEUS OLHOS"

A letra Z, 91
Paixão de Lia, 95
Sister 1982, 100
O vivo o morto: anotações de uma etnógrafa, 105

Agradecimentos, 109
Nota do editor, 110

os de suas veias
a em seus braç
todos os seus
étalas de uma
para que não
escura com a

1. MATRIZES

Thereza

Ela era *mignon*, com extraordinários olhos castanhos, pernas sulcadas por varizes azuis e barriga flácida, consequência dos dezesseis filhos que deu à luz desde os quinze anos, quando se casou. O ano, 1902. O noivo era Vicenzo Sciamarella Sant'Anna, um enérgico calabrês que aqui aportou em 1898 e se dedicou ao comércio. Quando morreu em 1931, aos cinquenta e seis anos, deixou uma rede de agências de jornais e revistas espalhadas por vários estados.

Ela ficou viúva aos quarenta e quatro, já considerada velha. Vivia trancada numa casa comprida cheia de corredores à beira do Paraíba do Sul, com os filhos menores e uma parenta agregada, que a acompanhava à missa aos domingos. Era seu único passeio previsível.

Impossível justapor essa mulher já sem frescor ao retrato da jovem esbelta de rosto fino e cabelos escuros, com blusa de renda e fita de veludo, ao lado do marido e rodeada por seus primeiros filhos, que já eram seis. Devia contar então vinte ou vinte e um anos. Os únicos traços reconhecíveis eram o silêncio e o ar distante flagrado pela objetiva. Thereza era assim.

Tinha nascido na terceira classe de um navio de imigrantes que fazia a rota Itália-Brasil. A mãe morreu no parto e ela foi criada por uma amiga da família ou por alguma parenta, os dados não são precisos. Certamente por isso lhe deram o nome da mãe.

Nenhum dos dezesseis filhos herdou seu nome de família, Grimoni, e é raro que ele apareça grafado certo, ora é Glimoni, ora Grimone. Não aparece também nos documentos o nome de sua mãe, Thereza Forlage, somente o do pai, Giovanni Grimoni.

Um de seus filhos, a quem deu o nome do marido, nasceu de pé. Disse que levou uma semana inteira fazendo ninho, torturada nas dores do parto. Depois disso, esteve a vida inteira sobressaltada ao se lembrar das palavras da parteira.

Se ele abrir os braços, adeus. Nem um, nem outro.

Thereza trabalhava mais do que falava. Morava numa chácara e desde manhãzinha cuidava das hortas e das bananeiras, que cresciam em cachos nas touceiras e que além de bananas forneciam pétalas duras, transformadas em barcos vermelhos pela criançada. Pareciam envernizados. Às vezes colocavam dentro deles pequenas flores do mato, simulando passageiros, marujos. E apostavam corrida com seus barcos, na época das enchentes ou enxurradas.

Ela vendia as bananas acumuladas num quarto forrado de cimento, pegado à casa. Certamente pela ocupação, uma de suas grandes preocupações era o vento sul, que trazia ventania e chuvarada, arrancando planta, estragando a terra. A um marulhar mais violento da folhagem, ao gorgolejar mais alto do rio, levantava a cabeça, investigando o céu, o rosto fechado.

Amanhã vamos ter friagem e vento sul. O nordeste já está virando. Amanhã, crianças, cuidado com o pé na poça.

Gostava também da criação, galinhas e porcos. Dia de matança de porco era dia de festa, salvo pelos gritos lancinantes do animal.

Do serviço de dentro, cozinhar e limpar, não gostava. Deixava para as filhas mais velhas ou para as empregadas, garotas em geral negras, descendentes de escravos, que enxameavam nas casas pobres da beira-rio.

A uma neta que vivia sempre zanzando por perto ela ensinou a pilar o café colhido na chácara. Colocou tijolos no chão para lhe dar altura e segurou com ela a mão rija do pilão, batendo, subindo e descendo, para lhe transmitir o ritmo do trabalho.

Também lhe ensinou o enxágue correto das roupas, porque a menina enchia a bacia de anil.

Por que faz assim? Não presta atenção?

A menina custou a responder, encabulou.

Acho bonito.

Boniteza não põe mesa. Fica tudo sujo de azul.

Dizem que Thereza era calma e de bom gênio, mas essas avaliações não são nada confiáveis quando a pessoa em pauta não tem nenhuma carta na manga ou espaço de manobra.

Foram raras e salteadas as confidências, sempre impressionantes.

Disse que era fácil enlouquecer e que ela mesma tinha chegado perto disso em duas ou três ocasiões. A primeira, quando morreu um filho pequeno, de febres. Ela enrolou a criança no cobertor colorido e a embalou dias e noites, até que desconfiaram e arrancaram a criança de seus braços, dando um fim nela. Depois, quando perdeu num curto espaço de tempo o marido, de um erro médico, a filha mais velha, por suicídio, sem nenhuma explicação, e um dos filhos, afogado. Disse que andava pela chácara fora de si, dia e noite, sem dormir nem comer, chorando e gritando, sem se desviar dos galhos, ferindo o corpo, penando. Depois ficou quieta lendo e relendo a carta que Vicenzo lhe escrevera de Belo Horizonte vinte dias antes da morte. Começava com "Saudações" no alto da página. E depois, "Caríssima Esposa". Na letra bonita e muito desenhada, comunicava que ia se operar e que se Deus quisesse ia ficar livre "dessa moléstia". Estava com um tumor na nuca. Informava o preço da operação. Enviava lembranças a todos. "Queira aceitar um abraço de seu esposo que lhe estima".

Mas Deus não quis. Vicenzo morreu e ela tentava imaginar inutilmente o que estava fazendo enquanto ele escrevia aquela última carta.

Dias depois o atestado de óbito dizia "morte por diabetes-anthiax da nuca-acidose". Não dava para entender quase nada. Aquelas palavras queriam dizer exatamente o quê? Ninguém explicou.

Passou a olhar muito uma foto no cemitério, vestindo luto fechado, a cabeça coberta por um véu, colocando flores no túmulo. Achava que tanto desespero não ia passar jamais. Mas passou, levado pelo tempo. Então ela tocou a vida, plantando, cuidando dos bichos.

Quebrou o silêncio um dia, quando uma jovem da família se separou do marido. E perguntou.

Mas por quê? Um homem tão bonito, tão preparado.

A moça atalhou. A gente não se amava mais.

A surpresa acendeu, violenta, os olhos castanhos. Não se conteve.

Então o amor é necessário?
Houve um longo silêncio.
Talvez Thereza tivesse pensado em dizer à moça um dos ditados que mais gostava de repetir: quem é cativo não ama.
Mas não disse.

República Velha

Tinha sido um ano difícil para o coronel Caetano Padilha, com seca e fuxico político. Tudo terminou com um escândalo que alegrou as gazetas por mais de um mês, só porque a junta da freguesia de S. Salvador decidiu afrouxar os requisitos dos cidadãos votantes para vereadores e juízes de paz. A revanche não se fez esperar, no próprio dia das eleições, com a manobra dos governistas e seus capangas, que arremeteram, quebraram bancos, mesas e cadeiras, ajudados pela autoridade do padre que aconselhava a matar com toda a moderação.

O coronel Caetano tinha sido atraído pela promessa de abrandamento de impostos sobre os grandes produtores. Com a derrota adoeceu de abatimento. Mas os meses passaram e ele mergulhou no trabalho amargo, como remédio. Acabou agindo com tino na transação difícil da venda de uns garrotes no Caboio e tomou o rumo de casa antes do tempo. Estava se sentindo curado e o coração se alegrou quando viu ao longe o bambual da Maravilha. O corpo pedia rede no alpendre, canto limpo de sabiá-laranjeira e a fresca do nordeste que sopra do rio. Janeiro era mês de trovoada e cantoria de cigarras. Naquele dia o vento sul anunciava friagem, fazendo gemer as casuarinas e alguma janela mal trancada no casarão. Por isso o terreiro estava vazio, o povo encafifado. Quando atravessou a sala de jantar o Coronel pensava ainda no negócio concluído. Tinha começado o ano com pé direito. O relógio grande bateu as cinco da tarde. Ganhou o corredor, abriu a porta do quarto sem ruído, muito sossegado, e surpreendeu sua mulher na cama com o Carlucho. Sentiu uma ardência na boca do estômago e uma pontada no peito. Só se recuperou para perder as estribeiras. Logo o Carlucho, um escuro de nascença contratado para trabalho de tocaia contra um vizinho salafrário, roubador de terra alheia. E ela, ela!, uma dona obediente com olho de porcelana, metida nos livros de devoção, zumbindo rezas com bafo de oratório e apesar disso nojenta se misturando com gentinha de cor. Onde estava Lilica, negra de confiança herdada do avô? E seu farrancho de crias a serviço do casarão? Que silêncio era aquele? Soltou um uivo animal, passou a mão no trabuco detrás da porta e descarregou quase toda a munição na cachola de Carlucho, que batia os dentes de terror. E como arremate natural, a última bala atingiu o cachorro que pertencia ao patife, cujo ganido agoniado foi calado para sempre.

 À ordem do Coronel os camaradas jogaram o corpo do tocaieiro no brejo atrás do pasto, o que atraiu de imediato os volteios emocionados dos urubus, no aguardo da carniça.

 A mulher foi obrigada a velar dia e noite a colcha ensanguentada tremulando no varal, sem licença de se afastar para nada, nem para as necessidades. Mas contra todas as regras da tradição, nela o fazendeiro não encostou um dedo. Não vou sujar as mãos, gritou, em puta dessa laia.

 A suspeita de desvario se deu com a festa armada no terreiro, ocasião em que todos puderam testemunhar o Coronel dançando uma quadrilha estropiada de sapateado trêmulo com as cabrochas e os tropeiros, berrando a plenos pulmões, negro não fuma charuto/ porque charuto já é/ se é branco deixa passar/ e morrer se negro é.

Acabou bêbado na rede sofrendo alucinações. O avô morto boiava por sobre os ramos das casuarinas, branco como filó, enquanto o casarão navegava como uma caravela no topo do canavial espumando de flor. À Lilica que o foi cobrir com uma manta sussurrou que não acreditasse que dentro da cana tinha açúcar. Tinha era o sal de seu suor. O sal, está ouvindo bem?, o sal do meu suor.

Quando a colcha finalmente apodreceu se desfazendo no tempo, disse à mulher que tomasse rumo, que não queria vagabundas à vista. Nesse momento não se conteve e soltou na cara fina duas bofetadas com mão aberta, ofensa pior que a morte, o que imobilizou a gente e fez cessar todos os ruídos e vozes ao redor. Ela bateu de boca no terreiro, suja como no dia em que nascera. Quando pensaram que estava morta se levantou como pôde, desapareceu aos soluços na curva do bambual.

Os filhos que não tardaram a chegar atraídos pela desgraça foram expulsos no momento mesmo da chegada, aos gritos e ameaças. O pai jurava cortar todos eles do testamento se ousassem mover um dedo a favor daquela ordinária. Era argumento forte, irrefutável. O Coronel lhes deu as costas com deboche, os filhos de uma égua. Bateu a porta e mergulhou de cabeça no mau caminho, deflorando negrinhas nas moitas das restingas, ao pé dos brejos. Acabou por instalar no casarão mulheres da vida alegre, uma depois da outra, descobrindo que de alegres não tinham nada, tudo fingimento. A prova era que desfolhava em poucos dias todas aquelas corolas, atirando fora o talo que restava. Nunca mais ia querer compromisso com donzelas de primeira mão, porque se passavam por peça domada mas por dentro tinham tanta manha quanto um carretel.

Um dia olhando o mar azul de Macaé depois de uns tragos, concluiu que o único jeito era amigar com moça de certa marca, com arremate em rabo de peixe. Em sereia ninguém mete a colher. Raciocinou com lentidão, perdido nos fumos do charuto. Se as partes de baixo dessa dona não serviam para um homem, os recheios de cima não eram de se jogar fora. Melhor então desconfiar. Essa dúvida o assaltou e o fez estremecer. Estaria tomando entojo de mulher?

Com isso foi invadido por grande abatimento moral, um penar sem jeito que avivou a lembrança do vexame passado. Cachorra. Se arrependia agora de não ter incluído a mulher na lavagem da honra, com sua cara fina e olho de porcelana. Ele, o coronel Caetano Padilha, herdeiro único da Maravilha, tinha corrido da rinha. Procedera como um engomadinho de vento que não conhece a serventia delas, que não consegue ser autor de qualquer cabrita nos desmandos das esteiras. A peçonha azedou no peito, tinha a alma negra. Levou meses escoiceando e dando voltas no ar, enroscado no mesmo gancho. Deveria ter judiado dela, os tabefes e a expulsão não foram nada. E quanto ao matador de contrato, aquele tocaieiro de fala mansa, não bastou ter coçado o gatilho com aquela presteza. Devia era ter amarrado o desgraçado no pau-de-
-arara como faziam os meganhas com os pardinhos, socando a palmatória nas partes fracas do infeliz até a vida fugir. Para culminar não parava de ouvir o choro agoniado do cachorro.

À depressão sucedeu a revolta. Apesar de ser sujeito de Irmandade, com estipêndio fixo para os necessitados, o Coronel pôs abaixo a capela da Maravilha, espatifou imagem de santo, queimou paramentos de altar. O reverendo Moura quando soube correu ao casarão, levantou os braços aos céus, bradando que estava à sua espera uma vida trevosa nas labaredas do inferno. O Coronel não deu o braço a torcer e muito vento sul gemeu antes que ele amansasse o destempero.

Por essa época começaram a chegar notícias sussurradas e repetidas pelos recadeiros: que a mulher estava perambulando de um lado para outro, esfarrapada e falando sozinha como as doidas por aí. Dava medo. Que tinha envelhecido cem anos. E que agora esfregava de joelhos as lajes do hospital público, contando as pedras como uma amaldiçoada. O Coronel pareceu não dar trela, mas passou a entreter a insônia cada vez mais frequente pitando na rede, varando as madrugadas.

De novo rompeu janeiro com seus relâmpagos e seu cortejo de cigarras. Não demorou muito para o Coronel Caetano decifrar a própria sina. Não tinha como escapar. A prova era que andava sempre macambúzio como cachorro sem dono, ora pensando nas trapaças da política, ora naqueles desarranjos da vida.

Numa certa madrugada ficou muito tempo apreciando o canto do sabiá-laranjeira, porcelana da cor do céu saudando o romper do dia. Parecia cochilar, mas quando saltou da rede estava decidido. Deu ordens expressas a Lilica e a seu farrancho. Queria tudo arranjado em todas as miudezas. Pela primeira vez em anos seu coração batia no compasso. Só depois convocou os filhos. Na noite marcada, luar a pino por cima do bambual, serviu jantar de gala que durou mais de uma hora em toalha de linho, terrinas e bandejas iluminadas pelos castiçais acesos. Depois do cafezinho e da jenipapina, acendeu um charuto devagar, cozinhando a ansiedade dos convidados. Soprou a fumaça para cima com toda a calma, observando os anéis azuis que se abriam no ar.

— Meninos — disse enfim, enrolando o guardanapo e pondo termo ao jantar —, andei fazendo umas sindicâncias. Muito tempo já correu. Sei que não se compra ovo com azeite derramado, mas também sei que o que é do homem o diabo não come. Vou chamar a mãe de vocês de volta.

Dentro do silêncio que se fez, só quebrado por uns latidos de cachorro ao longe, completou, já de pé:

— Puta por puta fico com ela que já estou acostumado.

Linhas e trilhos

E. J. disse ao telefone que era preciso contar tudo. Para isso não podia sair do trem. Não fique de conversa fiada, não cruze isso com aquilo, não esconda nada, não pense que alguém se engana.

Mas tudo era confuso, ela disse, com muita coisa misturada, inclusive alguns mortos, não todos, sentados em volta da mesa como numa sessão de gala naquela casa antiga, que não era a verdadeira. Contar como aconteceu era difícil de compreender. Mas decidiu fazer um esforço e voltar ao cenário, esquecendo o risco das balas perdidas naquele labirinto de ruas atrás da Central. Tinha chovido e pela sarjeta corria água suja misturada com lixo, rodeando os pés dos casarões magníficos, mas abandonados.

A estação está agora rodeada de grades e de carros da polícia. Faz pena olhar o saguão livre de antigamente atravancado de lojinhas, anúncios que piscam, uma igreja enfiada num canto, catracas pra todo lado. E o antigo bar que a gente frequentava virou um prosaico McDonald's.

A vantagem é que o poema voltou límpido. É do Polari, que pegou prisão perpétua, mas saiu um dia e fugiu a bordo de um foguete interplanetário estacionado nas matas da Amazônia. Acho que você nunca ouviu falar. O poema dava o ritmo, o trem corria pelas mesmas linhas e trilhos. Era o mesmo grito. Eu dormia e acordava, os versos vinham pontuais como a luz do dia: as quatro latas sustentando a cama suspensa, a marca da tinta do mimeógrafo na pele fina do corpo.

Ela disse que a desconfiança de uma branquela metida com um negro azul de tão retinto não podia ser desprezada. Além disso ele também podia não ser quem dizia que era.

Mas o tempo passou, insistiu, é como enfiar a mão num saco e tirar uma pedra ao azar. Como a história da foto encontrada na revista, depois é que fiz a relação. A ordem é pra não cruzar isso com aquilo, mas não posso evitar. Virei a página e lá estava ela. Hoje é como um relógio quebrado, não tem antes nem depois. Olhei muito. Senti uma aflição, talvez a única coisa que restou do sofrimento. O fotógrafo devia estar na plataforma quando bateu o instantâneo. Parecia um grupo a caminho do trabalho, não me lembro direito, acho que estavam sendo procurados. Seis ou sete amontoados num trem. Eram quase todos negros, mas também pardos e um puxando pra branco. Mas só dois estavam realmente visíveis, porque havia muitas sombras e a luz deslumbrava. Também melancolia, um clima pesado. Nessa época eu já andava no trem. E o que ocupava o centro era igual a Laudelino.

Sei, pelas datas talvez seja impossível, fiquei confusa depois de tanta pergunta. Acho que a impressão veio arrastada pelo poema, escrito a tinta no fino lençol. Na época tivemos mesmo de sumir com um mimeógrafo, estavam passando pente-fino depois que estouraram o aparelho. Fomos descendo a rua Valparaíso mortas de medo, com ele na cabeça. Aí passou um gari com sua carrocinha, ofereceu pra levar o mimeógrafo até a praça Saenz Pena. Fomos atrás dando risadinhas, quem podia desconfiar de tal esconderijo caído do céu para o asfalto da rua? Depois disso passamos pelas Veraneios com a tranquilidade de pombas, a maior comunhão de interesses e sentimentos, gracejou Laís.

Acho que achei parecido, daí recortei a foto e guardei, o que só deu aborrecimento. Quando procurei anos depois, tinha sumido.

Disse que o calor de março era uma chapa ardente, a saudade da água fria do mar entre as coxas entristecia, o suor escorrendo, o matraquear do trem mastigando alto a poeirada do subúrbio, me levando pra Matadouro. Porque o colégio era junto de um abate de animais. O cheiro de carne crua ficava colado na roupa e no cabelo, tinha que lavar a cabeça todos os dias quando chegava em casa. Sonhava com os bichos pacíficos sendo degolados. E também não podia desviar os olhos dos urubus. Aquele voo bonito, pareciam os mesmos de minha infância, flutuando no vento com as asas paradas. Recortados em pano preto. O lugar também era Matadouro, porque do mesmo modo tinha um abate perto do rio. A molecada andava em cima do dique pra espiar. Eu também, embora fechasse os olhos na hora em que os bois entendiam tudo, iam recuando, recuando. A Prefeitura mandou fazer o dique por causa das enchentes. Só que foi construído atrás da vila operária. Quando o rio enchia, invadia as casas, estragava tudo. Era um bairro operário.

O colégio também ficava num bairro operário. Às vezes diziam que os meninos eram maltratados em casa, desconfiavam daquela gente bruta, não sei. Mas os delicados também não adianta nada, não conhecem a gente. Houve o caso de um jogral que a professora queria ensaiar, mas a culpa não foi da mãe. Porque ninguém sabia ler direito na casa do menino. Um vizinho que chegou bêbado disse à mãe que era um bilhete da professora para dar uma surra no filho. Ela deu. O menino chegou todo rebentado na escola, a senhora, hein?, por que fez isso?, a professora desatinou, chorou muito, assoou o nariz com papel higiênico a tarde toda, não pôde trabalhar. Chamou a mãe. A mãe só disse, a senhora mandou, né?

Mas o certo, disse, era que naquela época o diretor entregou um menor de idade aos Órgãos de Segurança e ele sumiu para sempre. O menino, fico pensando no pai dele que nunca apareceu, talvez fosse órfão, tinha escrito no quadro-negro: morra o embaixador, Brasil para brasileiros. Nunca mais. Pensamos em fazer um abaixo-assinado, afinal era um colégio estadual, mas ninguém topou.

Também era constrangedor que o serviço social arrancasse os dentes deles. Diziam que não havia verbas pro tratamento. Nas aulas aquelas gengivas rosadas ou castanhas, ou cor de fumaça, viravam um alvo fácil. Os que tinham dentes caçoavam dos desdentados. Era muito chato. E os desdentados, quando tinham dentadura, colocavam a dentadura na ponta do lápis, não sei como conseguiam, acho que amarravam, e faziam careta para os que tinham dentes, fingindo que não ligavam.

Mas não era só isso. Havia microfones nas salas levando ao gabinete do diretor. Ele queria saber, era preciso fiscalizar o que era ensinado àquela gentinha. Aqueles meninos só iam crescer pra dar trabalho, inda mais se ficassem espertos. Com muito orgulho dizia em voz alta que tinha recebido ordens expressas das autoridades. Fiscalizar. Quer saber mais? — a espuma do cuspe crescia no canto da boca como uma flor desabrochando — o Brasil está, quem foi que disse isso?, hein?, o Brasil está a um passo do abismo.

Sei que aquela situação marcava o ritmo do poema, povoava meus sonhos, seguia o trem, o chocalhar das correntes nas curvas, as sandálias rebentadas e blusas sem botão quando eu saltava na gare, os gritos dos meninos vendedores de amendoim. Manda uma franguinha aqui pro meu balaio, imploravam alguns, antecipando a bolina exigida pelo aperto e pelo balanço dos vagões. As folhas soltas dos meus livros voavam contra as paredes da estação enquanto o trem sumia atrás do barranco. "Incha, incha", gritavam os homens em coro se jogando de costas contra as portas, nas paradas do percurso. Não podia ser diferente, porque não entra uma pessoa só, entram cem, gente é feito água.

Ela disse que qualquer um podia notar o cansaço deles. Não tinha nenhuma ambiguidade. Não era, por exemplo, o meu cansaço por mais cansada que eu estivesse. Era um estado de cansaço, uma condição, como ser criança ou estar doente.

Na parada de Bangu, o calor soprava o céu que tremia feito um pano. Ele entrou e ficou encostado na porta rebentada. O vento agitava a camisa azul, ele mesmo azul cor de carvão, retinto, opaco, a luz batia e escorria, brilhava nos olhos. O homem da foto. Mas seria o homem da foto? Qualquer repetição faz cismar. Mas a verdade é que se eu não tivesse conservado a imagem na memória, não ficaria assim. Não adianta perguntar pelos motivos. Eu sei do que se trata. Mas se você perguntar do que se trata, não vou saber explicar.

Quando desci em Matadouro ele se aproximou com os sapatos rangendo na areia grossa e contra todas as expectativas me entregou os documentos. Disse que era para eu ver que se tratava de um trabalhador. Fiquei muito comovida, mas seria verdade? Pensava no mimeógrafo dentro da carrocinha, mas aquele homem era outro, não era? Tinha uma pedra pesada no meu peito, talvez fosse uma cilada, eu não podia arriscar. Mas li seu nome, Laudelino Santana. A calma de um nome tão antigo, quem teria escolhido? Li também que era gari, quem sabe um sinal de salvação. Mesmo assim o chão insistia em fugir, o trem a gritar, eu não podia esquecer aqueles gritos, esses permanecem, vão permanecer para sempre, disse Polari. Pra disfarçar devolvi os papéis. Será que somos parentes? Seu sobrenome é igual ao meu, só que escrito diferente.

Laudelino não ligou. O negócio é o seguinte, disse, gostei muito de você e acho que fui correspondido. Não sei como arranjei coragem, cada vez mais suada, falei tão baixo, tive que repetir. É, você é mesmo muito atraente. Então pronto, ele disse. Então pronto não, tenho que trabalhar, as crianças estão me esperando.

Marcaram um encontro no bar da Central, que hoje é aquele McDonald's. Laudelino puxou a cadeira para ela sentar e pediu à garçonete: leite para a moça. Para mim, uma Brahma bem gelada.

Teve vergonha de demonstrar a humilhação depois de tanta panfletagem defendendo igualdades, olhou com despeito o copo dele, embaçado pela cerveja dourada e branca, as bolinhas subindo soltas, fugindo da gaiola para o céu azul. Olhei tanto, sem parar, e nem assim ele compreendeu. Sosseguei um pouco, podia ser uma homenagem. Ora, por que homenagem? Tomei leite a tarde toda, isso foi bem chato.

Um dia resolvi mudar de assunto e me livrar do grande problema.

Como é que eu faço para descer do trem às seis horas da tarde na estação da Central?

Foi a vez da surpresa dele. Você é professora e não sabe descer do trem? Expliquei que eu ficava diante da porta, o povaréu entrava e eu voltava o caminho todo.

Como acontece nos romances, a um pedido de ajuda o cavaleiro atende. Gentilmente disse para eu ficar não em frente, mas encostada rente à porta; que deixasse o povo entrar; quando o vagão estivesse cheio, que segurasse no cinto de um homem para ser rebocada para a gare. Eu disse, ele vai pensar que quero roubar. Não, disse Laudelino, ele só pensa em saltar do trem. Sozinha você não vai ter força. Hoje pode segurar no meu cinto.

Isso resolveu em parte, mas não tudo. O tempo passava, as tardes cresciam e se dobravam, ficavam imprestáveis, não adiantava ele insistir. Por trás da beleza vinha a desconfiança, o pessoal do trem também olhava com desprezo, principalmente algumas mulheres mortas de cansaço, viam os livros que ele passou a carregar, ela não queria de jeito nenhum, os livros não eram pesados, com certeza pensavam que ela não passava de uma branca querendo faturar um negro. E ele? Querendo também faturar uma branca com lucros calculados? Ele disse, não, tem muitas outras razões, mas pra você entender só num tremendo particular.

Havia um ar de súplica nos copos brancos e amarelos, lado a lado sobre a mesa, no corpo de veludo ardendo no calor. Seriam assim tão lindas as coisas impossíveis? Mas não queria errar, se prevenia com todas as forças contra o perigo do erro. Então se esquivava e dizia, não te conheço. E se ele respondia, você só me conhece me conhecendo, reparava que a tardinha baixava de asas abertas e começava imediatamente a correr para pegar o trem. Os desdentados esperavam, a flor de cuspe desabrochava, o último apito ainda boiava no ar.

Não tenho certeza do momento, os momentos não são claros, mas disse finalmente que não, era preciso acabar com aquela lenga-lenga, e além disso também disse que não queria leite, que preferia as taças cristalinas de água prata (como se houvesse taças). A essa altura o dia já parecia uma montanha de sucata.

Uma última dúvida antes que o vagão derradeiro desaparecesse atrás do barranco: por que será que gari bebe tanto? Ele disse, é o desprezo, o cheiro do lixo, ninguém aguenta, lavando não sai, é preciso esquecer.

É preciso esquecer, repeti tentando decorar o compasso.

Na relação com o mundo, afirmava o poema, as rimas são sempre interiores. Por isso andamos todos perdidos.

Eu acho que ele já morreu.

Zeca e Dedeco

Todos tinham apelido na família. À menina chamavam Zeca porque seu nome era Josete. José era Dedeco. Os dois conversavam sobre bichos, desenhavam com lápis de cor, passeavam na restinga ou pescavam com puçás na beira da lagoa. Às vezes a família via Zeca em pânico no colo de Dedeco altas horas da noite, a cabeça em seu ombro, porque havia sonhado que caía de um avião. Mas depois de tudo o que aconteceu, quando falavam dele, só diziam, "Coitado, por que foi fazer aquilo? Não sabia que não podia?".

Zeca guardou de Dedeco a última imagem: um único instante que brilhava, rodeado de quase nada. Ela desceu com dificuldade o degrau muito alto que levava ao areal, salpicado de moitas e dos espinhos da vegetação rasteira. Ralou o joelho na borda áspera do cimento, quase caiu sentada. E estava sentada brincando de encher e esvaziar de areia uma caixa pequena de papelão quando ele apareceu, de calção de banho e camisa branca. Viu a criança e parou. Depois desceu o degrau com a maior facilidade — a menina reparou —, aproximou-se dela, sorriu. E passou a mão em sua cabeça, dizendo em voz baixa palavras que ela não ouviu bem, talvez porque estivesse muito entretida com o brinquedo, talvez porque ele às vezes falava em italiano e ela era um pouco preguiçosa para ficar prestando atenção. Mesmo assim interrompeu por instantes o jogo de encher e esvaziar a caixa para olhar o vulto caminhando ao longo da cerca de madeira ao lado da casa, na direção da praia, sumindo e aparecendo aos pedaços entre os vãos das tábuas.

Muitos anos depois, sempre que pensava nele revia o corpo quebrado pelos buracos da cerca, sentia o sopro e a agitação do ar, a areia amarela escorregando por seus dedos, a luz do sol ao entardecer. Era como um livro na estante. Dedeco podia ficar muito tempo guardado, esquecido. Mas se por acaso Zeca apanhasse o livro e voltasse as páginas, ele começava outra vez a sorrir, a mexer em seu cabelo, depois continuava a caminhar ao longo da cerca na direção do mar.

Mas naquele dia enquanto o sol se punha, o vento soprou para longe a claridade ardente da tarde, e ela pensou que não faltava muito para os morcegos saírem dos tocos das árvores e das vigas do teto, assustando as crianças. Mas Zeca não tinha medo porque Dedeco tinha explicado que aquela praia era o paraíso, e o paraíso estava sempre cheio de bichos. Bichos que voavam, coelhos e peixes, cobras que cochichavam. Além disso, morcegos não gostavam de comer criança, preferiam as frutas do mato — aqui ele piscava para ela, que espremia o riso — "porque elas são muito, muito mais doces".

De repente as pessoas que naquele dia estavam em volta da mesa jogando buraco, brincando e caçoando umas das outras ficaram mudas. Em seguida começaram a procurar. "Dedeco, Dedeco." É que deram por sua falta. Ele andava diferente e muito triste desde o sumiço de Ice. Depois todos saíram da casa olhando e procurando, e acabaram correndo em direção ao mar. Passaram por Zeca sem reparar, e a criança largou a caixinha e foi atrás do grupo, atravessando com cuidado a ponte de madeira esburacada sobre a lagoa. O mar batia com força, e ao ver as ondas a família gritou angustiada, "Dedeco". O sol já estava escondido atrás do mangue, mas um resto de luz flutuava no ar. Por isso a camisa branca presa nos galhos à beira-mar ondulava com um aceno sobrenatural, e se destacava na paisagem que aos poucos desaparecia.

Isabel foi a primeira a descobrir a camisa e levou as mãos à cabeça. Todos compreenderam e fizeram silêncio, menos a avó, que começou a chorar alto, chamando pelo filho.

Zeca pensou que não era nada, não podia ser nada, ele devia estar lá longe, catando marisco nas pedras ou procurando tatuí nas dunas, gostava muito de tatuí com arroz. Saiu correndo para encontrá-lo, tropeçando nas conchas e nos sargaços. De repente a alcançaram. Foi difícil controlar os braços e pernas que se debatiam e escorregavam.

Dedeco não estava lá. Tudo foi inútil. Mergulhadores e veranistas deram busca dias a fio, ajudados por pescadores. Só mais tarde o corpo apareceu perto do cemitério, onde Zeca gostava de passear com Dedeco por causa da ventania que soprava na ponta da restinga e pelas conchas e estrelas-do-mar enredadas nas touceiras. Era um lugar simples, habitado por lagartixas medrosas que corriam feito doidas quando qualquer um se aproximava, se escondendo nos pequenos montes de areia cobertos de mato, guardados por cruzes pretas, roídas pelo sal e pelo vento.

Zeca foi a única que gostou de Dedeco estar ali no cemitério da restinga. Ele não tinha nenhum medo de bichos. E ela já tinha visto uns ossos brancos da cor do leite, lavados e limpos quando subiam à flor da areia. Ficavam ali, jogados, soltos, descansando. Ele também com certeza ia ficar lavado assim, buscando a luz do dia.

No povoado não existia banheiro, e Dedeco chamava o urinol de "zi'Peppe", explicando que era o mesmo que "tio José". O urinol parecia uma sopeira. A menina ria muito porque achava que Dedeco estava se referindo a si próprio. José.

Durante muito tempo a camisa branca de Dedeco ficou ondeando naquela praia escura, dentro de sua cabeça. Não conseguia dormir, pensando nas pedras amontoadas ao longe, sem ninguém. Aos poucos foi comparando versões e explicações, juntando os pedaços daquela história. Um dia descobriu que podia tirar Dedeco da prateleira como um livro, sempre que desejasse. Virava as páginas e lá estava ele, com sua camisa branca.

No fim do verão acharam um retrato manchado de maresia, com Dedeco ao lado de Ice vestida de preto e meio fora de foco, de braços dados com a linda Marinela, descalça no areal, estirando a perna nua e com um dedo na boca, faceira. Ele parecia feliz entre as duas, usando óculos escuros. A avó apoiou o retrato numa jarra sobre a mesa da sala, acendeu uma vela. E vivia trancando as janelas para o vento forte da praia não apagar a chama nem levar os três para longe outra vez.

Depois daquele dia, quando falavam de Dedeco diziam, "Coitado, pra que foi nadar com mar tão bravo? Com certeza teve uma crise. Não sabia que não podia?". Dedeco era epiléptico desde pequeno.

Quanto a Zeca, ninguém acreditava que ela se lembrasse de tudo com tantos pormenores. "Você era quase um bebê", diziam, para reforçar o argumento. "Você se lembra é da lembrança dos outros."

Mas ela se lembrava mesmo, com exceção das palavras

que ele disse alisando sua cabeça. Por mais que fizesse, elas não vinham, estavam perdidas, fugiram pelo areal.

Muitos anos depois conversava com Isabel sobre aquela história do urinol chamado tio José. "Ele tinha muita imaginação", disse Zeca, "desenhava bichos malucos, coloria coelhos de luvas, falava de cobras que cochichavam coisas lindas. Como era engraçado. Achava cobra o máximo."

"Ah", retrucou Isabel, "mas o nome do urinol não foi invenção dele. Antigamente na Itália os urinóis tinham mesmo nome de gente. Alguns nomes variavam com a região." Parou um momento. E como era uma atriz, imitou de modo perfeito e risonho a entonação e o jeito de falar de Dedeco: "zi'Peppe".

Zeca estremeceu com a ventania que repentinamente soprou, ficou escuro e era de novo na praia ao cair da noite. Um morcego com asas de veludo mergulhou num voo rasante bem junto de seu rosto. A camisa branca brilhava presa nos galhos. Então o vento agitou as páginas do livro aberto. Dedeco sorria, se aproximava vestido com calção de banho e camisa branca. Se aproximava. E ela parou de brincar, esperando. Dedeco se inclinou, alisou sua cabeça e murmurou baixinho, nitidamente, "*Addio, me ne vado, addio*".

Houve um grande silêncio antes de Zeca compreender que todas as peças daquela história estavam finalmente ajustadas. Para disfarçar o brilho dos olhos que ardiam, começou a falar de modo casual sobre coisas corriqueiras, acabando por dizer o que todos sabiam: "Acho que meu nome saiu do nome dele".

E repetiu pelo prazer de dizer, sem nenhum risco, o que todos sabiam: "José, Josete".

Mas não poderia contar a ninguém o que ninguém sabia. A solução era então dizer sem dizer, rodeando pelas bordas o prato de mingau quente, como Dedeco tinha ensinado, se mexendo sem ruído, "*a passi di lupo*", conforme suas palavras.

Então disse sincera, já tranquila, sorrindo para a tia: "O meu pai, Isabel, o meu pai era mesmo um homem com muitos segredos".

O rio

Pensando em Maurílio Sepúlveda

Às vezes ele era encantador, quando cantava com sua voz pequena e entoada, às vezes irritante, quando vencia com astúcia qualquer discussão.

As histórias eram contadas e recontadas no grupo. Que ao subir a rampa do Maracanã num domingo de jogo, se negou a apresentar os documentos exigidos pelo guarda, dizendo por cima do ombro, sem diminuir a marcha: Não vim aqui votar não, maninho, só vou assistir ao jogo do Vasco.

Que saltou do carro na Praça xv, entregando ao guarda de trânsito chaves e documentos, à ameaça de ser detido pela irregularidade dos papéis. E disse, já caminhando pela calçada:

Pode ficar com o carro, maninho, prenda ele, ele é que está irregular, eu não. Eu estou completamente regular.

Havia um encontro marcado e escurecia quando cheguei. As nuvens ainda retinham a mancha colorida do poente, iluminando as paredes do bar. Entrei e procurei uma mesa ao fundo. Embora atenta à porta, não percebi quando ele entrou. O burburinho de fim de tarde era o de sempre e entorpecia. De repente houve um silêncio, e então percebi o vulto alto, ligeiramente curvado, se aproximando. Pensei então que sua presença era sempre marcada por uma sensação de ausência. Pensei também que ele era leve como papel, não pertencia a nada ou a ninguém. Parecia instável e livre como o vento.

Quando se sentou, depois de um rápido afago, notei a falta de uma falange em um dos dedos da mão pousada na toalha. Perguntei o que tinha acontecido e ele deu de ombros, afastando o cabelo escuro do rosto. Em seguida observou que a perda de uma falange não tinha a menor importância, se comparada com as ocorrências tremendas sofridas pelos animais e pelos homens desde que o mundo era mundo.

Diante do meu silêncio, começou a batucar uma de suas composições, marcando o ritmo numa caixa de fósforos surgida em suas mãos como por encanto.

Compreendi que já tinha levantado voo, afastado de tudo, entre nuvens. Mas pouco depois interrompeu a música com um sorriso trocista, a outra face da moeda da tristeza, afirmando que a perda da falange não tinha sido nada heroica. Ideia de um cão de guarda, disse, aproximando o rosto do meu, com uma expressão falsamente feroz. E rosnou, CRAU!

Não sei se acreditei, mas não pude deixar de rir. Estávamos flutuando outra vez naquela espécie de nuvem de fantasia zombeteira, clima que invariavelmente o rodeava. Por isso qualquer retrato dele era uma linha-d'água desmanchada em contradições. Sempre fez tudo para apagar os rastros. Os sambas nunca foram gravados, os filhos sumiram no mundo, a voz estava para sempre calada.

Parecia um asceta espanhol, pelo nome de família, os ossos finos, o cabelo preto. E porque misturava pureza, melancolia e muita sensualidade. Isso devia explicar seu sucesso com as mulheres. Seu inconformismo era imediatamente visível na fidelidade à boêmia e em sua total infidelidade amorosa. Ao mesmo tempo, tinha aquela famosa capacidade de imobilizar qualquer um, causando a surpresa mais estrambótica. Era a mesma simplicidade de se poder encerrar a qualquer momento qualquer coisa com um tiro.

Naquela noite conversamos muito, mas não foi fácil me lembrar do que falamos. As coisas foram vindo aos poucos. As primeiras palavras eram sempre traídas pela longa espera, uma tensão difícil. Naquele momento a atribuí à presença de dois homens que bebiam em silêncio na mesa ao lado. Seria paranoia ou eles pareciam mesmo espiões?

Mas ele cortou o clima exasperante que eu era perita em criar, e começou a fazer observações sobre nosso gosto por botequins, principalmente ao cair da noite. Afirmou que tínhamos razão, pois era a hora mais misteriosa do dia. O boteco mais sem graça se transformava em um bosque cheio de murmúrios, com borboletas perambulando no ar e ratinhos piscando pelos ramos.

Eu sempre me divertia com esse tipo de comentário e com suas invenções, mas naquela noite eu o ouvia com dificuldade porque um acordeonista tocava alto demais no fundo da sala. Talvez eu estivesse também distraída com o longo percurso feito para atingir o bar, completamente decadente e sem corresponder ao que tinha sido no passado. O mesmo com a cidade, apagada na recordação que eu tinha dela.

O rosto diante de mim estava agora coberto por uma máscara trêmula como água, onde flutuavam os tristíssimos relâmpagos brilhando em cada olho, mesmo quando sorria.

Como sempre, e talvez por isso nos encontrássemos de tempos em tempos, tentamos reconstituir um longo poema perdido, escrito a quatro mãos na juventude, que falava de um arco pousado no meio do caminho sob um céu cinzento como pedra.

Horas depois o acordeonista enxugou a testa e as cadeiras já estavam de pernas para o ar sobre as mesas.

Fazia calor, havia gente demais pelas ruas, era noite de lua.

Saímos então em busca da praia. À beira-mar brilhava o vento, e o bater das ondas na areia, a lua cheia entre as estrelas distantes, eram uma outra espécie de silêncio.

Como sempre, começou a recitar os versos, segundo ele completamente realistas. "Como poderei ser triste,/ se a tua sombra resiste/ e tu não resistirias?".

É mesmo verdade?, perguntei. Claro, respondeu, é mais ou menos assim: como podemos esquecer o que jamais foi dito?

Todas aquelas palavras me pareceram misteriosas, certamente efeito do álcool, que às vezes me fazia sofrer e latejar como um dente inflamado.

Ele parecia não perceber o que eu sentia e continuou falando muitas coisas, que ou bem perdi ou o vento do mar espalhou.

Pensando mais tarde no encontro, achei que havia muitas coisas obscuras. Não tínhamos também progredido um centímetro naquela teimosa reconstituição do poema extraviado, que funcionava como senha entre nós. Como se não bastasse, nada garantia um futuro encontro, dependente do tempo disponível ou do acaso.

A última vez, ele estava deitado na cama de um quarto

de hospital, o cabelo preto cobrindo parte do rosto. Parecia adormecido.

A notícia de seu estado me fez retornar às pressas para o Rio. Fiz perguntas angustiadas aos amigos comuns.

Um especialista exigira uma mudança radical de vida, disseram.

Quanto tempo tenho se não mudar?, ele teria perguntado.

No máximo um ano.

É tempo bastante, foi sua resposta.

Muitos acharam que tanto desdém era sua última irresponsabilidade, mas, em se tratando dele, a reação não poderia ser outra.

Durante os minutos a seu lado no hospital, não abriu os olhos. Também fechei os meus e segurei sobre o lençol sua mão de agonizante.

Saí. Era novembro e fazia muito calor. As lojas já ofereciam sua ornamentação rotineira de Natal.

Nada me consolou. Nem mesmo quando eu lembrava sua despedida bem-humorada naquela madrugada em Copacabana, cantarolando "Adeus, adeus, adeus, cinco letras que choram". Eu ria.

Como você ainda pode se lembrar dessa música tão cafona?

Ele comentou que entre o M e o S de suas iniciais havia também a mesma distância, eram cinco letras, a mesma escala. Fez uma reverência cômica à porta do edifício.

Adeus, maninha.

Pura coincidência? Ou ele já pressentia o tempo esgotado? Como não percebi? Mas quem pode se preparar para o esquecimento?

Dois anos depois, numa viagem à Espanha, abri um mapa para programar os roteiros do dia seguinte. O nome "Sepúlveda" cintilou no papel como se estivesse iluminado. Era uma província de Segóvia, possível origem da família de meu amigo. Fui tomada por uma ansiedade desesperada. Pensei doidamente que o encontro do nome não podia ser um mero acaso. Abandonei todos os compromissos e obedeci ao chamado, parti a seu encontro, corri para lá. Atravessei ruas, rodeei esquinas, entrei e saí de jardins, contornei praças, enquanto latejavam na memória os murmúrios do velho bar decadente, com seus ratinhos piscando nos ramos.

O cair da noite me encontrou sozinha num banco da Plaza de España, no centro de Sepúlveda, olhando desolada as torres da igreja com seus ninhos de cegonhas, as asas flutuando contra o céu que se apagava.

Lembrei então sem esforço a história que ele me contou naquela madrugada à beira-mar, protegendo os olhos da areia levantada pelo vento. Tratava-se do tema de um filme de segunda categoria a que assistira, e girava ao redor de uma cena iluminadora. Uma cena definitiva, insistiu. Era a história de um caçador inca que viu um dia um falcão planando nas montanhas. Foi atrás dele. Os anos passaram, seus filhos cresceram e sua mulher teve permissão para se casar de novo, pois fora dado por morto. Quando reapareceu inesperadamente uma noite, a mulher lhe perguntou:

Por que só agora você voltou? Agora é tarde demais.

O falcão não parou de voar, o inca respondeu.

Me levantei do banco e tomei o caminho de volta. As palavras afinal tinham sido ditas.

Noite alta, antes de adormecer, percebi o ruído de espumas desmanchadas, palavras cobertas de limo, e senti que o rosto dele corria feito um rio por baixo de meu travesseiro. Sobre a água corrente, a sombra de um falcão imóvel, planando no vento.

Encontro

Quando olhou para baixo do alto da colina viu o menino que foi esquecido na gare, com sua pasta azul cheia de papéis e lápis de cor. Não se separava dela jamais. Estava agachado numa clareira sombria e irregular, e desenhava sem olhar para os lados, talvez para controlar o medo. O que fazia naquela paisagem quadrada de cartão-postal? O areal brilhava ao fundo, rodeando a lagoa verde, com sua ponte de madeira — tudo do tamanho de uma maçã. Não sabia o que pensar daquela mudança nos limites e na organização da paisagem. Ouviu dizer que ninguém tinha se incomodado muito com aquele esquecimento, salvo a mãe do menino que inclinou o rosto para esconder as lágrimas, na sombra da aba revirada de seu chapéu de camurça. Mais tarde também choraria à beira-mar, os gritos batendo contra as ondas que dobravam como sinos. Ouviu dizer também que no fundo das águas peixes pacientes roíam os olhos dos suicidas.

No alto a ventania agitava as árvores, na clareira o sol a pino doía na pele. Então fechou os olhos. Mesmo assim via o menino, de repente homem-feito, caminhando no declive forrado de pedras entre duas árvores ao pé da colina. A camisa branca voava no vento sul. Embora fosse grande a distância entre eles, via com nitidez todos os fios do bigode ruivo e o brilho do sorriso, como se tivesse os lábios molhados. Não sabia se era do sol ou do sorriso o calor que se espalhava assim pelo seu corpo, enquanto olhava o rosto querido. Ele não soltava a pasta, agora desbotada pelo sol e pela chuva, de onde saíam papéis, que tentava em vão impedir que voassem para longe. Parecia um equilibrista lutando contra a gravidade enquanto caminhava no fio esticado da paisagem.

Apertando os olhos míopes conseguiu identificar desenhos de rochedos e de morcegos cochilando nas vigas da casa. Talvez a pasta estivesse mal fechada ou estufada demais com tantos desenhos, guardados desde o tempo em que ela mesma era uma menina. Ele dobrava o corpo magro se esforçando por catar os papéis que continuavam a escapar. Apesar do empenho e da distância estendeu algumas folhas meio amassadas em sua direção. Ela não conseguiu alcançar nenhuma delas, mas viu de relance seu próprio rosto de criança, redondo como uma laranja, esboçado numa folha que passou arrastada pelo vento. Os dois faziam um grande esforço para se tocar, estendendo as mãos, lutando em silêncio, como acontece nas comédias do cinema mudo. Mas era tudo inútil, pois além da rede de galhos secos e das pilhas de pedras entre as mãos estendidas, a distância crescia e se fechava ao redor da cena como as muralhas de uma cidadela.

Ela olhava o rosto dele de cima para baixo e de muito longe, como quem admira uma paisagem remota da janela de um avião.

2. CONTRACANTO

À queima-roupa

De costas para a cordilheira e para a mulher de pedra esculpida no ar, abriu a névoa da praça com as duas mãos, viu os seis peixes gravados no ladrilho ao lado da porta. Entrou na casa aspirando aquele cheiro de pedra, umidade e treva. Percorreu aposento por aposento, subiu e desceu degraus, passou as mãos nas paredes geladas. Reconheceu a voz cantarolando *el sitio de mi recreo* em tom casual, não viu ninguém, ouviu Panero recitando *del color de la vejez es el poema, busco aún mis ojos en el armario*. Dizia também que os tigres eram palácios e que nasciam cactos de suas veias.

Abraçou a casa e ela coube inteira em seus braços. A casa vazia, todas as suas paredes, todos os seus degraus, todos os seus quadros, todos os seus livros, todas as colheres que pareciam pétalas de uma flor imaginária. Abraçou com cuidado as taças e as vidraças para que não se partissem, para que não se cortasse. Abraçou o gramado, a tesoura com a voz do pássaro dentro, a voz que rasgava o pano cru do verão. Tentou abraçar o gato, mas ele fugiu.

Uma porta batia sem descanso. Acordou então dentro do sonho, pois sonhava que dormia. A porta que batia levava à varanda envidraçada à beira do jardim. Levantou-se na escuridão para fechá-la, não precisava de luz. Mas quando tropeçou e caiu, despertou daquele outro despertar que era ainda sonho. A porta que batia, batia agora longe, no fundo de um corredor atulhado de livros. Pressionado, o trinco fez um estalido que se confundiu com o tiro à queima-roupa de alguém que exclamara ah! ao ser surpreendido. Tombou em câmara lenta, mas antes de mergulhar de novo numa inconsciência molhada e macia, por segundos voltou a sentir aquele cheiro de treva e umidade, enquanto o intruso meticulosamente virava seu corpo inerte para a janela de onde se via a mulher de pedra deitada nas montanhas, esculpida no ar.

Persistência da memória

Quando o frio se tornou cortante, começou a cavar no muro uma passagem que do jardim levasse ao interior. Aguardava as horas em que a casa estava vazia, observada apenas pelos gatos e pelos trevos. Pronta a tarefa, esperou a noite para rastejar através do túnel. Quando alcançou o outro lado, não fez nenhum movimento para sacudir a terra e a caliça do corpo. Carvões ainda acesos na lareira davam à sala uma fosforescência que se refletia no quadro com seus relógios mortos dobrando-se nas pedras, um deles pendente de um galho seco. Pensava nele enquanto cavava, revendo o mar e os promontórios ao longe, banhados na luz dourada da tela. Era como folhear um álbum antigo, cujas gravuras percorrera com o olhar anos a fio. Mas deu-lhe as costas obedecendo ao ritmo da inspeção. No fundo de uma gaveta apalpou os mesmos velhos trastes que ali estavam desde sempre. E como um salteador apaixonado que só se alimenta de esperanças, parou um instante junto à mesa de vidro coberta de migalhas, julgando ouvir ainda as vozes sob a claraboia alta. Mais um segundo e estava em frente ao quarto. Mesmo de longe prendeu a respiração, pois sabia que qualquer sopro podia desfazer os corpos mantidos inteiros no oco da memória. De onde estava via a moldura da porta no contorno dessa outra tela que oscilava mergulhada na água rasa dos olhos. Nenhuma luz entrava pelas frinchas. Simplesmente via o que tinha visto. Assim era possível traçar uma linha fiel ao redor das formas quase invisíveis sobre a cama. Um braço sobre uma cintura, uma chuva de cabelos pretos rematando o arco do corpo dobrado. Pensou nas infinitas camadas finas compondo a penumbra ao redor de um ombro, uma flor negra sobre o talo partido. Teve de abandonar o posto de observação quando uma claridade rosada momentaneamente identificou volumes, fazendo os corpos brilharem como marcassitas. Retomou então a trilha e rastejou para fora.

Habitar

À medida que a casa se despovoa, ele desdobra os espaços, puxadinho no quintal, varanda nos fundos, garagem duplicada mesmo sem carro. Os dois últimos explodiram com seus ocupantes, um contra um muro, outro contra um ônibus, tendo sido decorridos vinte anos entre uma desgraça e outra.

Ele amplia e ao mesmo tempo despreza a casa, não liga para a conservação. No entanto, afirmou um dia que nunca possuíra uma coisa de que gostasse tanto, para escândalo da mulher, que o reprovou com os olhos.

Agora os maus-tratos, o relaxamento, os pregos enfiados nas paredes rasgam a pintura, deixam ver o reboco. Este é o ponto frágil da fantasia, que funda o absurdo, porque no íntimo ele sabe que a vida não vive. Negando a verdade cristalina, fingindo que não vê, parece que respira por um gargalo.

Ninguém se lembra em que momento o muro altíssimo substituiu o anterior, onde se debruçavam galhos verdes percorridos por gatos.

Nem quando o jardim foi destruído e cimentado, com a

explicação de que raízes eram inadmissíveis, pois ameaçavam a integridade de qualquer construção. Além disso a terra sujava os sapatos, era difícil varrer as folhas e flores mortas no chão, já que não era mais possível enfeitar com elas a pessoa ausente.

Ninguém sabe também para onde foi o piano que se ouvia no sobrado vizinho, habitado por uma jovem morena e sua tia idosa.

A voz do sino da igreja, rouca e quebrada, se afogou no ruído do trânsito, que agora faz tilintar os cristais na cristaleira da sala e estremecer as vidraças.

Ele não pensa nisso, mas a multiplicação dos espaços da casa talvez seja uma tentativa de dar forma ao invisível. Passear pelas salas, tocar a cal como se fosse um corpo que deixasse em seus dedos a marca, buscar essa presença improvável contra a vertigem da falta. Por outro lado, esse mesmo impulso, para todos os efeitos incontrolável, imita o movimento do despovoamento. Isto é, essa regulação e esse controle dos espaços não conseguem eludir o paradoxo: quanto mais a casa se desdobra, ela se esvazia, e mais vã é a busca.

Ele caminha cegamente inspirado pelo desejo e contra qualquer ponderação razoável. Talvez nesse movimento pendular se lembre do lugar onde nasceu, a praia brava com suas ondas altas e amarelas, o facho brilhante do farol varrendo o mar e o areal, ressuscitando as formas apagadas pela escuridão.

Mas não pode reexperimentar essa plenitude, os braços estendidos para o faroleiro, seu pai, que se aproximou, atendeu ao pranto do menino.

No novo cenário, formigas e bichos invisíveis soltam guinchos e pios, fazem ninhos pelas frestas e rachaduras, enchem os vãos. Aqui e ali o verniz se quebra, deixando uma cicatriz baça na madeira roída, a baba das goteiras escorre pelas paredes. Ratos chiam no porão.

Não é que as pessoas tenham desaparecido. Elas entram e saem, dormem e acordam, trabalham, comem e bebem. Mas na verdade não pertencem à casa, ninguém pode habitar paredes consumidas ou abrir e fechar portas empenadas, sem ferrolho. As janelas, que se abriam como braços, estão fechadas. Os afrescos da sala de jantar empalidecem, depois escurecem aos poucos, como o céu depois que o sol se esconde, ao cair da noite.

As contas dos lustres de cristal caem e se partem como lágrimas, deixam expostos os fios macios de pó e fuligem.

Nas datas festivas os filhos entram constrangidos, com vergonha de serem os sobreviventes que não escolheram ser. Jogam em volta da mesa o jogo das lembranças. Mas as lembranças não coincidem entre si, geladas em torno da cerveja, da macarronada italiana e dos bifes à milanesa dos domingos.

Pela varanda lateral passa um vulto com uma saia vermelha, a cor preferida, esvoaçante. Durante anos fez um esforço para que a voz soasse de novo, mas o vulto está calado. Se virar a cabeça, ele já desapareceu.

O pai permanece de pé, vestido com a suéter tricotada pela mulher morta. Os cabelos de neve não derretem jamais apesar de todo o calor da planície, junto da foz do Paraíba do Sul.

Caçadas

A Francisco

Os pescadores entram no mar à noite e na maré baixa. Com luz forte vasculham os recifes submersos, pois as lagostas procuram os fundos rochosos ou coralinos, em plena escuridão. Eles se alegram quando divisam as grandes garras dianteiras, a carapaça azul-esverdeada que se torna vermelha brilhante após o cozimento. Com a luz as lagostas ficam paralisadas. São então colhidas com facilidade, fazendo jus à categoria de frutos do mar a que pertencem. Em seguida, conduzidas em gaiolas, são lançadas em tanques.

Outro gênero de caça é utilizada por pescadores pobres, que se arriscam a burlar a lei que regulamenta a pesca no Brasil. Usam redes de náilon 40, com iscas de bichos mortos, que é a dieta das lagostas. Eles se justificam dizendo que o seguro-desemprego não dá pra nada. Se não se arriscassem na ilegalidade passariam fome. Ou eu ou as lagostas.

O seguinte diálogo se deu entre um fiscal, segurando a ponta da rede que saía de um barco, e um pescador que se aproximou nadando, bastante tenso.

Que rede é esta?
É de náilon 40, sim senhor.
E serve pra quê?
Pra pescar lagosta, sim senhor.
Não devia estar aqui.
É, não devia. Ninguém nem sabe de quem é este barco.
De quem será?
Não mude de assunto. Está proibida a pesca.
É, eu sei, sim senhor.

Nos tanques, abandonada à própria sorte e também atormentada pela fome, a lagosta vai pouco a pouco se devorando pelas entranhas. Por isso os compradores conferem o peso, sejam eles encarregados de restaurantes ou donas de casa. Se a lagosta está mais leve do que deveria, levando-se em conta o tamanho do animal, é que ficou tempo demais no tanque, o que altera definitivamente o gosto da carne. É de causar lástima tanta indiferença ou ignorância dos intermediários desse negócio, pois qualquer degustador experiente — não são muitos, dado o preço da iguaria — perceberá a variação do paladar, descrita como laivos adstringentes deslizando ao longo das papilas delicadíssimas da língua.

Para evitar tão grande prejuízo material — e também moral, como não?, pois assim se arruínam as reputações —, alguns preferem saltar o capítulo dos tanques e matar as lagostas com água fervente, o que causa o mesmo efeito de punhaladas, provocando no bicho um sofrimento indizível.

Outra solução é comer a lagosta viva, apenas ligeiramente grelhada para que a vida não escape. Nessa etapa todo cuidado é pouco, para que o limite sutil entre vida e morte não seja ultrapassado. Em seguida a parte inferior do corpo do animal é torcida, para que a carne fique à vista sem a proteção da carapaça, à disposição do freguês. A parte de cima do corpo permanecendo em seu lugar natural transforma o crustáceo num animal inventado, jamais visto na natureza.

Alguns comensais à hora do repasto ainda apertam com força uma das antenas cilíndricas e longas que se estendem além da borda do prato, para se certificar de que seu pitéu está mesmo vivo, o que faz o animal emitir um estranho guincho, talvez o que possamos considerar o gemido de uma lagosta.

De qualquer maneira, por enquanto o problema parece resolvido, e os lucros, controlados. Cautelosamente não podemos jurar que nos livramos definitivamente dele, pois nada assegura que o insuportável laivo adstringente — dessa vez causado por morte atroz — não retorne às papilas cada vez mais treinadas dos degustadores profissionais.

Por outro lado, o que não deixa de ser uma vitória e uma esperança de resolução definitiva, nunca foram ouvidas reclamações quanto à variação do gosto na devoração do animal vivo. Pesquisas exaustivas o comprovam, o que nos faz concluir que tal variação não existe. A notícia é alvissareira e nos leva a crer que num futuro próximo esta seja a maneira ideal de regular o ritual e a etiqueta rigorosa dos especialistas da alta gastronomia, únicos a alcançarem essas "lindas delícias", afirmou o guia gastronômico, "coloridas e delicadas".

Canto noturno de peixes

O dorso da pescadora se arqueia, a saia ondula silenciosa ao redor dos quadris quando se agacha, não faz o menor ruído enquanto arruma os apetrechos. Pérolas enfiadas num fio ainda recordam conchas, ondulam a qualquer movimento, servem com certeza de isca. A tensão da pescadora se revela no controle dos movimentos.

Mas é domingo, tudo parece tranquilo. O sol escorre transparente. Inclina o corpo na ponta da pedra roída pelas passadas. Em seguida apoia as costas mal cobertas contra a porta de aço. Não olha, ou finge que não olha, talvez porque podem confundir com algum convite.

Os homens emergem de repente, poucos param, se debruçam pra ver melhor, perguntam o preço, deslizam para longe. A mulher ondeia o corpo na água transparente do sol, a cabeleira bate cadenciada, controlando o movimento do rabo. Mas eles escolhem muito, com minúcia, querem desconto, ela não faz o menor movimento e nada diz. Só não vai. Outros se aproximam mansamente como se fossem bichos domésticos. Talvez não mordam apesar das presas. São atraídos pelo brilho do cetim colorido e pelas escamas e cartilagens, a gelatina dos olhos encaixados no rosto. Mas qualquer movimento em falso pode frustrar a aproximação casual, qualquer gesto brusco pode levantar suspeitas. Permanece imóvel na ponta da pedra, depois decide esconder os pés na espuma prateada da saia, que se enrola num marulhar de escamas.

À primeira vista inocente, o gesto foi seu erro fatal naquela manhã de domingo. Confundida com uma sereia esquecida de cantar, portanto à mercê, foi devorada por um tubarão faminto num piscar de olhos e com uma só cutilada, no quartinho sem janela, de onde não se vê o mar.

3. PLANOS PARALELOS

Lugar-comum

O olhar do supervisor soprava a onda do cabelo solto sobre a testa para ver melhor. Mas não via. Não podia prestar atenção ao serviço, o olho azul do supervisor faiscava na vidraça. Logo no dia seguinte, chamada ao escritório. Ninharias. Todos os dias um assunto, isso e aquilo. Risadinhas das colegas. Pior se morria o assunto. No final do corredor ele zumbiu como um besouro caído em seu decote, fazendo cócegas. Só pôde obedecer.

Foi e entrou depressa no fusca azul-celeste, da cor dos olhos.

O restaurante longe, em rua sem calçamento, de onde se via o lago. Uma fonte falsa cercada de verde e as mesas com toalhas quadriculadas.

Gosta de vinho?

Ela disse, hum, hum.

Mastigaram o frango, beberam o vinho, aí ela disse que estava acabando sua hora de almoço, tinha que voltar.

Ele, chateado, mas cheio de importância. Esquece a hora, sou supervisor, eu é que decido.

Outra garrafa brilhando, os olhos brilhando, os bigodes zumbindo como a voz, salpicados de espuma.

Eu é que decido e você fica aqui comigo. Tá?

Algumas gotas vermelhas na toalha. Olhando firme para se distrair daquele brilho.

Então ele disse, você tem uma boca linda.

Acha?

Acho.

O peito também, um peito lindo.

Dali se via o lago, com reflexos verdes.

O bico furava o pano da blusa, que nem rubi de anel de pedra dentro da luva, disse Mário, sempre exagerado. Mas era mesmo.

Arrastou a cadeira pro seu lado, meio rouco, vamos? Apertava seu braço, a mão roçava a pedra do anel dentro da blusa.

Ela disse que não podia, sabia que era casado e ela nunca tinha estado com homem.

Como disse?

Juro, nunca.

Nunca?

Nunca.

Mas não sente falta?

Como posso sentir falta do que nunca tive?

Pálido, mastigando o bigode úmido, incrível, em que fria me meti. Só pode ser mentira. Então nada feito, não quero encrenca, já tenho problemas demais.

Agora ia enrolando às pressas, no guardanapo, a paisagem ensopada de vinho, entornando o laguinho. Que pena!

Levantou-se.

Pronto, acabou-se.

Mas era mentira. Durante um mês inteiro esperando pe-

los cantos, segurando o braço e a mão roçando por distração, a pedra e a penugem.
 Vamos.
 Não vou.
 Não faço nada, só quero ver se é mesmo verdade, só ver.
 Beijos pelos cantos.
 Um dia: é a última vez, palavra de honra, nunca mais.
 Afinal nunca me disse: não é feliz no casamento?
 Impaciente. Casamento é casamento, que história é essa de felicidade, casamento acaba com o sonho de um homem, não dá pra explicar a uma virgem, é melhor esquecer.
 Mas não esquecia. Toda noite sonhava com a colina e o pequeno lago, os bigodes zumbindo como o mesmo besouro de papel, em voo rasante no calor do peito.

Nem todos os gatos

A Carol

Para se consolar, o repórter jovem e desempregado estava lendo o blog de sua amiga preferida quando *Céu de Estrelas — uma Janela Aberta para o Amor* o convidou para redigir um texto sobre o crime que sacudia a cidade. Segundo a revista, as outras reportagens da mídia não convenciam. Muito moralistas e sem imaginação. A ordem era principalmente não falsear o espírito da publicação, isto é, o amor.

Que droga, ele ficou chateado, salada de amor com assassinato ao molho de lágrimas de jacaré. Mas o cachê era expressivo. Se eu não fizer, outros farão. É melhor que seja eu.

Começou por se referir às paredes secas da assassina. Sem convicção. Por que paredes? Vão cortar.

Em seguida ouviu a mulher dizer, sem contrair um músculo da face.

Matei por amor.

Tudo bem. O povo certamente aos berros. Lincha! Lincha!

As lágrimas das velas esmaltavam o capim roído do terreno baldio. E vela chora?

Um popular afirmou nunca ter visto tamanho aparato policial.

Viva ou morta!

De olho no ar. Deise e as condições inumanas da periferia. Deise e o crime como única saída. Afinal já disseram que o primeiro ato de liberdade do escravo é o crime. Mas... muito radical. Melhor mudar.

A garotinha tinha sido encontrada num terreno baldio, cabeça raspada, escoriações várias, vestido chamuscado.

Lincha! Lincha!

Os carros da tevê chegaram antes da polícia.

Os flashes empalideciam as lágrimas da mãe, ombros rodeados por todos os lados pelo marido. Droga, por todos os lados. E ela é uma ilha? E ilha tem marido?

Um monstro matou o meu anjo.

O pai, isto é, o amante da assassina, diante dos microfones. Quero ser enterrado com minha filhinha. Sou o único culpado. O único.

O que é isso? Calma, calma.

Alguns vizinhos forcejando para entrar no campo de visão da tevê. Coragem, homem é homem.

A esposa de olhos revirados. Eu te perdoo. Nosso sofrimento é muito grande.

Onde Deise morava? E onde poderia morar? Depois resolvo isso.

De olho no ar. A meia-água devia ter trepadeiras na varanda, perto do ponto final da viação Praça Mauá-Santa Cruz. Ou Aeroporto-Jaçanã. Na varanda estaria Deise, portando olhos secos, pernas finas, talvez grossas, saia cobrindo os joelhos.

Matei por amor.

Lincha! Lincha!

O pai da assassina cambaleou na porta da cozinha. Ela não é um monstro, é minha filha.

Assassina que se preza tem olhinho mau, faca nos dentes, chicote no rabo. Granadas na barra da saia, por que não?

Agora faz falta um comandante contendo o povo.

Justiça é justiça. A justiça tarda mas não falha. Deise terá seu julgamento.

Viu na internet, deslizando no clipe, a assassina no terreno baldio, apontando um ponto qualquer do capinzal.

Foi aqui. Eu estava conversando com ela. Ela estava de costas, folheando a revistinha que eu dei pra ela. Eu estava tão emocionada que cortei um cacho de seu cabelo. Aí ela se virou. Por que cortou o meu cabelo? Para ter uma lembrança sua. Por quê? Porque gosto de você.

Deise tirou do bolso da saia, ou da blusa, o cachinho amarrado com retrós vermelho. Provavelmente. Entregou o troféu ao policial mais próximo. O homem teve medo de segurar e o cachinho caiu. Como uma granada. Que explodiu, claro.

Ela não é do bem, o.k.?

Há dois anos conheci Anselmo, que me deu uma carona de jipe. Fiquei louca por ele, que também dizia estar louco por mim. Só depois é que soube que tinha mulher e filha. Eu matei mas não sou culpada. Culpados são Anselmo, que me enganou, e meu pai, que não soube me criar.

Surge do nada um Defensor Público, esgotado.

Vou pedir exame de sanidade mental para minha constituinte.

E a cidade? Ora, trancando suas criancinhas, as mulheres

olhando os maridos com ar vingativo. Eles saíam cabisbaixos. Muito natural.

O repórter continuava chateado com aquela matéria, apesar do cachê. Para acabar logo, imaginou a última cena longe das delegacias e dos corredores mal lavados da justiça.

Do alto do cadafalso, cabelos ao vento, Deise atirou para o ar, como um buquê de noiva, epa!, uma última frase misteriosa. A nudez, como a morte, é democrática.

Que diabo, de onde fui tirar isso?

A frase circulou dentro da lágrima e, enfim, rolou pela face solitária. Como o motociclista no globo da morte.

Olho no teto. Riscou a imagem. De mau gosto. Expressiva mas de mau gosto. A frase fica, é de efeito.

A nudez, como a morte, é democrática.

Para sua surpresa a linda frase e a cena final foram cortadas e copidescadas pela equipe de *Céu de Estrelas — uma Janela Aberta para o Amor*, que manteve, não obstante, o cadafalso e os cabelos ao vento. O repórter concluiu que eles não ligavam para anacronismos. Também achou que não tinham a menor noção de retórica.

Completamente esgotado, mergulhou de novo no blog de sua amiga Carol para desestressar. E leu.

Namoro é bom. É pé, é mão, é joelho, ficar pelado junto, é boca, é ombro, é mão.

De olho no ar. Isso é que é.

O mundo era redondo, segundo as últimas notícias. Histórias também tinham de descer redondas.

Leu mais.

no
es
cu
ro

(
ne
m
)

to
do
sos
ga
to
s são
paulo

Apagou todas as luzes.
Abriu a janela e ficou pensando nela.

A dialética dos vampiros

Uma mulher e seu filho assistem a um programa de televisão depois do jantar.

Na tela o cenário é cheio de sombras, cortado pelas flechas prateadas e azuis dos relâmpagos, pois chove a cântaros. De um tubo invisível escorre a voz frágil de Dido, sem saber se se levanta ou não da cama.

...*My tea's gone cold, I'm wandering*...

A voz é intermitente, faz-se ouvir e se apaga ao ritmo dos relâmpagos.

Os personagens do seriado são um vampiro chamado Billy-Boy e Lili, uma caça-vampiros. Mas não parecem nem uma coisa nem outra. Billy-Boy é lindo e moreno, Lili é magrela e está vestida a rigor. Pisca devagar um par de olhos derretidos.

Acho que o vampiro acabou de tomar um copo cheio de sangue fresco, só pode, diz a mulher se mexendo no sofá. Ele está tão bem-disposto! E que nome para um vampiro. Deve ser um roqueiro disfarçado. Ela também...

Para, mãe, assim não posso me concentrar.

A mulher continua, sem considerar a interrupção.

Ela também não se parece nada com uma policial. Está visivelmente subnutrida. Se mexe como um passarinho mergulhado num tanque. Tem ar de histérica. As magrelas sempre têm o ar de histéricas.

Ele não perde a deixa.

Isso porque você está gorda.

Ela finge que não ouve.

E de onde saiu esse vestido preto cheio de lantejoulas? Pela cara, podia ser confundida com a fada Sininho, só falta o saiote prateado.

O garoto está cada vez mais impaciente.

Quem é essa tal de Sininho?

Mas não espera a resposta.

Ela não é uma policial, é uma caça-vampiros.

Qual é a diferença?

O menino se cala, dá de ombros.

Entre trovões e miados de Dido, a história afirma que Billy-Boy e Lili estão apaixonados. Amor impossível, claro, trata-se de um quiasmo moral e funcional. Diálogo tenso. Billy-Boy não para de repetir, precisamos encontrar uma solução, precisamos encontrar uma solução.

Lili não se convence. Billy-Boy implora um beijo, Lili diz que não. Era melhor acabar com aquele sofrimento para sempre. Gotas de suor aparecem na testa de Billy-Boy.

Para sempre é muito tempo.

A mulher no sofá faz um esforço para entender.

Será que Lili tem medo dos caninos afiados de Billy-Boy? Se ele é mesmo um vampiro deve ter esses tais dentões. Será que eles estão escondidos?

Eles?

Os dentões.

O quê? Claro que não. Dente de vampiro não cresce a toda hora. O que é que você entende desses assuntos? Você não sabe nada de vampiros.

Saraivada de luzes. Som de trovão e chuvarada. A voz de Dido soa desesperada.

Não vejo nada, não vejo nada, the morning rain clouds up my window...

O garoto continua.

Além do mais você é muito crítica. Isto não é para pensar, é só para ver e esquecer.

Ela faz um gesto de surpresa.

Não sou assim tão crítica. Só quero entender. Wittgenstein dizia que é preciso entender ou morrer.

Está vendo como você é?

Como é que posso esquecer o que não entendo? O que não entendo não esqueço jamais.

Ele sorri pela primeira vez.

Então é melhor você não entender nada de nada sobre todos os assuntos. Vai virar uma baita intelectual.

A mulher finge que não ouve.

Vou buscar bolo na cozinha.

Quando volta Billy-Boy e Lili estão se beijando. A mulher dá um pedaço de bolo ao filho enquanto comenta.

Eu teria aflição, mesmo que o dente não estivesse na hora de crescer. Eu só ficaria pensando nisso. Pode enguiçar qualquer coisa e o dente crescer fora de hora.

O garoto perde a paciência.

Assim ninguém pode ver televisão. Não posso me concentrar. Por que você teve a ideia de vir para cá para não ver o seriado? Ouviu bem? *Não ver.* O que você quer dizer com "enguiçar qualquer coisa?" Um vampiro não é um chuveiro elétrico, também não é um motor ou uma torneira quebrada.

Um vampiro é simplesmente um vampiro, um cara muito disciplinado e previsível segundo todas as regras. Só tem de caçar pra viver, aliás como todo mundo. Isso não é nada original. Todo o mundo sabe disso. Quanto mais uma caça-vampiros.

Tempestade de luzes intermitentes, relâmpagos. Os rostos aparecem e desaparecem.

A mulher percebe de repente a melancolia de Billy-Boy, misturada à voz que dizia ter perdido o ônibus e que seria um inferno aquele dia.

...*and there'll be hell today*...

Uma sombra cobre seu rosto. Ela está pensativa. Sim, Billy-Boy era um melancólico, aquelas pessoas perdidas nos labirintos e que só se deslocam em círculos, pensando que caminham em linha reta. Ou, quem sabe?, aqueles que esperam eternamente diante de portas fechadas e que sentem o vento. Sentir o vento era sintoma definitivo de depressão. E talvez Lili nem existisse, talvez ela não passasse de uma mera projeção de sua neura.

A mulher hesita.

E se fosse o contrário? Que complicação. Então a caça-vampiros é que era o próprio vampiro. Conclusão: os dois jamais poderiam estar empiricamente juntos. Se soubessem disso, só poderiam perguntar, como posso ir para a cama comigo mesmo?

Agora Billy-Boy e Lili estão um diante do outro, devorando-se com os olhos. Ela diz, vou ter de me esquecer de você. Vou passar a minha vida me esquecendo de você.

Muito baixo-astral, a mulher comenta, mastigando bolo de chocolate, acho que o melhor é eles tomarem o primeiro avião para a Suíça. Quem não sabe que a indústria do turismo suicida está a pleno vapor? Milhões, trilhões de dólares. O charme de Romeu e Julieta já era. Não foi à toa que eles escolheram esse miado da Dido como baixo contínuo.

Para, mãe.

De repente ela se lembra de que eles são eternos, então aquele dramalhão não vai ter fim.

Eles são eternos?

Claro.

A caça-vampiros repete com a voz estrangulada:

Vou passar a minha vida me esquecendo de você.

Esquecer é impossível.

Talvez, mas isso não muda nada.

O rosto dele se contorce, os olhos escuros se enchem de lágrimas.

Você me ama, sei que você me ama.

Lili junta as mãos como se rezasse.

Amo. — E depois de uma pausa: — Amo, mas isso não tem a menor importância.

Billy-Boy empalidece de susto.

Mas assim você não vai ser feliz.

A mulher se lembra vagamente de uns versos antigos, mas naquele preciso momento Lili perde o controle, sua expressão se torna feroz.

Não sou feliz, mas isso não me faz a menor falta.

E a plenos pulmões, sapateando no tapete.

Não faz, não faz a menor falta. *Hell today, hell today!*

Billy-Boy gagueja, está perdido na tempestade que esqueceram de desligar — terá enguiçado a sonoplastia? —, ele olha para fora da cena, parece pedir socorro.

Isso não está no script!

Ouve-se um burburinho, gritos de "corta! corta!". Os comerciais enchem a tela.

Viu?, diz o garoto para a mãe, não se pode ver televisão com você. Você sempre acaba estragando tudo.

No fundo do rubi

Saiu para comprar cigarros assobiando o "Samba de uma nota só" que tinha acabado de ouvir na cama, ao lado da musa. Que samba! E que musa! Sobrancelhas de veludo, conforme dizia o sorveteiro da praia, oferecendo seu produto às ninfas de bruços nas areias de Copacabana, traseiros ao sol.

Vai querer, sobrancelhas de veludo?

Elas queriam.

Nisso viu a mendiga, no ângulo da esquina. Parecia um cavalo sujo em pleno temporal, panos encharcados, a crina preta e branca saindo de um cartucho de jornal. Leu frases despedaçadas, *custos para explorar óleo e...* Torceu o pescoço, driblando a baba de uma goteira, *...desde 1973 com a mor...* Um rasgão no papel. Cheio de curiosidade, mas sentindo uma dor no peito. *Com a mor...*

Será morte? Será amor? E ele acreditava no amor! Embora sempre dissesse enfaticamente que não valia a pena ter nascido. Apesar disso não deixava de alimentar todo santo dia, na boca, as plantinhas mudas sobre o parapeito.

De repente a mendiga acordou sobressaltada, uma rã toda opaca no canto do portal, pernas em cruz, bugalhos enormes.

Sentiu... mas o que sentiu? Claro, sentiu a famosa vertigem da bondade. Na cauda do temporal procurou a metáfora, mas que nada. Alhos e bugalhos.

A mendiga resmungou uma ou duas vezes.

Calma, sorriu angélico, sentindo-se bom. Mais do que bom, sentindo-se ótimo.

Não tenha medo, só quero ajudar. Como é mesmo o seu nome?

Mas que pergunta!, só me faltava essa. Que falta de noção!

A mulher se desinteressou, virou para o canto, cartucho sobre a nuca: *não queremos preços instáveis.*

O nariz devia estar a milímetros do rastro das ratazanas e assim não era justo. Absolutamente.

Coração aos pulos buscou na memória os queridos e esfiapados poemas.

Sei o que é a rua, diz a casa, o que é não ter onde ficar de noite. E o resto? Esqueci.

Pés na poça, entre duas fungadas e a basta cabeleira.

Povo, mártir eterno, tu és do cativeiro o Prometeu moderno.

A pontuação não estava realmente muito boa, que chato.

Cutucou a mendiga com o dedo. E de repente exclamou, obedecendo a um impulso incontrolável.

Hoje você vai dormir no quente.

Um trovão e um relâmpago. Assustadíssimo com a própria coragem. Mas não podia mais recuar.

Hoje você vai dormir no quente.

Som de silêncio e chuva caindo.

Vestido com a gabardine ensopada, pés na poça, subitamente perplexo e doce. Não quer?

O grande cavalo, incomodado, voltou à posição primeira. Os classificados sobre o ventre, *sobreviveu apenas uma menina e...*

Debruçado, pescoço torcido, e o quê? No melhor pedaço o rasgão no papel outra vez. Ou-tra-vez. Que chuva. E que menina era aquela?

No fundo do portal, alhos e bugalhos.

Dormir no quente, sussurrou com teimosia.

Na paisagem decorada de relâmpagos saiu arrastando a mendiga pelo braço. Era uma baita mulher, mais alta do que ele. Apesar disso, apavorada. Saltitam por sobre os destroços do Catete. Os sapatos molhados chiam como camundongos.

Diante da escada do hotel barato, hesitou: subir à frente conforme a etiqueta?

Mas ela se agarrava às goteiras, fios de água brilhavam na cara e no pescoço. Com decisão empurrou a mulher escada acima, antes que ela derretesse.

O homem gorducho atrás do balcão tinha um anel com um falso rubi no mindinho. Depois das explicações ele não fez por menos.

Mas de jeito nenhum!

E por quê? O cavalheiro pode me dar uma boa razão? Eu pago, já disse que estou pagando. Eu pago, pombas. (perdão). Pom-bas.

O homem do anel, repentinamente conciliador.

Mas, meu amigo, isto aqui não é albergue de mendigo, tenho ordens expressas.

Já disse que pago tudo. E à vista. Será o benedito?

O coração parece que vai explodir. Tum-tum-tum.

O gordo esqueceu a diplomacia, perdeu as estribeiras.

E os fregueses? E o patrão? E a moral, hein? Diga lá, e a moral? Pra não falar em chatos e percevejos.

A moral? Está me gozando? Que moral? Chato é você. Que moral?

O gorducho mudou outra vez de estratégia. Agora levantava os olhos para o teto, ar de súplica.

Isto aqui é para casais. E lá vem você com uma dona emporcalhada dessas.

Banho não tomo, gritou a mendiga. Parecia ter perdido o sono incontinente.

Não tomo de jeito nenhum.

Mas ela fala, que gracinha, ironizou o pançudo com seu falso rubi.

E no auge da impaciência.

Mas só comigo é que acontece uma dessas. Sabe o que mais? Pra tudo tem um jeito. Tu vai dormir com ela? (Cara de nojo bem amarela.) Vai dormir com ela, mesmo assim completamente chapada?

Como assim, chapada? Quem foi que disse? Hein?

Se vai dormir com ela, gosto não se discute. Nosso hotel continua sendo *O ninho do Catete* e estamos conversados. Nada a ver com casa de caridade. Este é que é o problema.

Com o susto ele nem reparou que tinha soltado a mendiga, que arrepanhou sua crina preta e branca e escorregou escada abaixo. O filantropo continuou a conversa com o coração batendo asas na garganta.

Mas não é nada disso, homem, vou repetir pela milésima vez, só quero pagar pra ela dormir uma noite no quente.

Debruçado no balcão. Agora com um sorriso inteligentíssimo pingando sobre a pança. O argumento brilhou mais do que os relâmpagos lá fora.

Olha aqui, meu amigo, preste bem atenção. Tu vai pagar pra ela dormir toda noite, mas toda santa noite? No quente?

Como?

Tinha sido apunhalado na carótida.
Silêncio horrorizado.
Então não dá, meu filho, não adianta nada. O que é que adianta você pagar pra ela dormir só uma noite? Só uma noitezinha? No quente?
Haveria alegria delirante no fundo do rubi?
Vai ver é capaz de causar um trauma, é capaz da mulher pirar. E *O ninho do Catete* não vai segurar esse rabo, podes crer.
É a sua vez de desabar escada abaixo.
Sem bondade e sem mendiga, franze os olhos com ar de quem procura agulha no palheiro. Mas onde está ela? O rastro preto e branco se perdia na goela da cidade grande. Quer ver está entre duas pedras do metrô como uma lagartixa sem rabo, a crina brotando da cabeça. Procura-se uma mendiga ensopada. Viva ou morta (meu deus!), trajando roupa de temporal, colar de chuvarada.
Então se lembra que não tinha comprado cigarros.
Pensa agora na musa de sobrancelhas de veludo, macia como uma almofada, que devia estar chateada com tanta demora. Esfrega as mãos geladas para disfarçar o alívio. Mas que alívio delicioso. Sente saudades, muitas saudades do calor, isto é, daquela energia em trânsito de um corpo para outro quando entre eles há diferença de temperatura. A musa sempre dizia, transportada.
Como é quentinho, mas como é quentinho.
Num último gesto antes de abandonar o palco, resolve escrever ali mesmo, sobre a água, meia dúzia de poemas, se desculpando com fulanos, beltranos e sicranos pelas palavras violentas. Sinceras, claro, mas não passavam de licença poética.
Apesar disso, ao nascer do sol não restava a mais leve rima nas pedras da calçada. A chuva tinha lavado tudo.

Fulana

Quando conheci Fulana ela era mulher de um amigo meu e tinha como característica especial roer as unhas dos pés e das mãos, desconjuntando os membros no ar, como um estranho balé. Também estalava todas as juntas uma depois da outra, com um rumor de chuva caindo ou de grãos sendo debulhados. Tais cenas eram perturbadoras, demonstravam imensa ansiedade e se propagavam por meus nervos como ondas incandescentes.

Além dessas ações inesperadas, Fulana também transava compulsivamente com todos os homens, principalmente quando meu amigo saía em viagem. Dizia que tinha medo de dormir sozinha e além disso achava os homens comoventes, sem se importar com idade, cor ou profissão. Segundo suas palavras, era o sexo forte, por isso mesmo irresistível.

Mas ela é que era. Principalmente quando tirava os óculos e a terra surgia diferente, preta e úmida, os bichinhos latejando debaixo da pedra. Eu mesmo comprovei o acontecido, que me provocou um êxtase jamais superado.

Fulana gaguejava um pouco ao ritmo do estalar das juntas.

Gostava de folhear um livro de receitas com grande atenção, para fazer quitutes e comidinhas, e talvez por isso morasse em frente ao supermercado do bairro.

Influenciada por uma amiga espírita, descobriu-se médium, pois uma vida só era pouco, e tomou conhecimento de todas as suas vidas passadas. Após os estágios de peixe, pássaro ou caracol, difíceis de lembrar felizmente, imagine quanta aflição!, tinha sido pescadora numa praia do Mediterrâneo, depois cigana e traficante no morro da Babilônia, onde assistiu à morte de todos os seus filhos, metralhados pela polícia. Por fim, numa reviravolta só possível aos trancos do imaginário, onde as metamorfoses constituem a lei, tornou-se amante de Giuseppe De Nittis, que encontrara por acaso em Veneza, enquanto admirava os pombos da praça de San Marco e os mosaicos dourados da Basílica. Sem despregar os olhos dos olhos dela, que pareciam poços azuis como o céu aquático da cidade, o pintor insistiu para que posasse para ele.

Quem não sabe que sou eu aquela jovem nua de meias vermelhas, escorregando por lençóis prateados? É verdade que estou de costas, mas basta conferir o marrom-dourado do cabelo e o meu jeito de apoiar o rosto na palma da mão.

Essa reencarnação foi maravilhosa e um prêmio pelos suplícios sofridos durante a Revolução Francesa. Tinha sido degolada só porque pertencia à nobreza. E isso era motivo para tanto sofrimento?

Como prova baixava num movimento irresistível a alça do sutiã, exibindo um filete claro e sinuoso, quase invisível, que se erguia contornando o pescoço de ave. Os míopes ou incrédulos, na impossibilidade de ver com clareza, acompanhavam com o dedo o traçado caprichoso sobre a carne, enquanto ela se contorcia de cócegas, implorando, mas quem não via que era mentira?, implorando que parassem, pelo amor de Deus.

Certa noite reconheceu numa boate um jovem companheiro de infortúnio revolucionário, pela maneira — ineludível! — com que ele segurava um copo de vinho. Forçando a memória lembrou-se da vida passada nos aposentos do palácio adaptados em celas, enquanto eles, pobres réus tão educados, aguardavam o destino jogando xadrez, evocando lembranças e fazendo projetos para o futuro. Quanta inocência, meu Deus!

Ela e o jovem acabaram viajando juntos na mesma carroça, rodeados por um grupo seleto de nobres, rumo à guilhotina.

Reconhecida também pelo moço, que ouviu deliciado a história, foram muito felizes durante alguns dias e noites de um verão abrasador.

Fulana gostava também de contar sonhos, enquanto roía uma unha e outra, no balé de mãos e pés, soltos no ar. Que entrava no mar e a água não molhava, só deixava conchas, madrepérolas e estrelas secas no fundo dos bolsos. Que chegava correndo na gare, mas que o último trem tinha acabado de partir. E que precisava telefonar urgentemente, sem o que aconteceria uma desgraça, mas o celular não funcionava e todas as fichas telefônicas se transformavam em docinhos.

Por fim, como prova duma sensibilidade completa, o que me enlevava e surpreendia, não era indiferente às interpretações literárias. Afirmava, por exemplo, que a linha tão fina de La Fontaine, "a tristeza voa nas asas do tempo", aparentemente simples, queria dizer não o que dizia, mas o seu oposto: que a tristeza não pode simplesmente desaparecer, porque no mundo o tempo não tem asas, nem a tristeza voa.

4. "GAROA, SAI DOS MEUS OLHOS"

A letra Z

A Pedro

Desconheço se a resposta de seu filho mais novo chegou a tempo. A questão era específica, mas talvez o silêncio fosse causado pela estranheza da dúvida e da situação que a atormentava. Não é raro os mais moços desconfiarem da capacidade de raciocínio dos idosos, e ele deve ter levado em conta a idade da mãe. Se realmente respondeu, serviu de consolo a Zeta, ou demonstração de afeto. Quanto à questão, ela já a havia resolvido e da forma mais extraordinária, segundo penso. Atravessara a rua naquele dia com o passo vacilante motivado pela doença. No consultório me dirigiu um discurso entrecortado mas candente, afirmando que encontrara a solução, a única possível. Era preciso libertar-se da piedade. Isso era tudo. No primeiro momento eu não soube o que responder e comecei a conjecturar se a carta esperada chegara ou não. Porém meses depois Zeta já não estava em condições de ler coisa alguma, pois agonizava. Um quadro de sofrimento prolongado costuma manter qualquer pessoa à distância. Doenças incuráveis e o cheiro de velhos corpos em decomposição não animam ninguém. No caso de Zeta restou-lhe a presença de um especialista higienicamente entrincheirado em sua máscara de pano. A desolação de tudo aquilo me fez lembrar por contraste a vivacidade das ponderações de Zeta tramadas durante meses a fio, o cuidado com que desembaraçava a própria memória, a responsabilidade de colocar cada coisa em seu lugar no tempo adequado. Considerei que diante de tanto empenho os problemas da sociologia médica eram mais fáceis de resolver. Ninguém suspeita que ainda haja segredos a respeito do funcionamento do coração, dos pulmões ou da bexiga metidos dentro de um corpo. Outra coisa é a relação que mantemos com esses saberes. Na ocasião e por razões óbvias pensei que a questão dos odores não deixava de ter interesse. Está provado que a sensibilidade do homem moderno aos cheiros fortes foi pouco a pouco sendo aguçada pela indústria dos perfumes e dos cosméticos em contínuo aceleramento, gerando lucros que atingem as estrelas. Odores vivos de suor ou sangue dificilmente serão hoje sentidos como excitantes, conforme experimentou Graciliano Ramos em seus tempos de infância, pois aromas doces e fantasias higiênicas criaram a repugnância e volatilizaram o corpo. É fácil concluir que nada disso tem ajudado os amantes e muito menos os moribundos. O exemplo de Freud é dos mais significativos. Durante a longa batalha que travou com o câncer de laringe que o acometeu, o mau cheiro que exalava afastou dele todas as pessoas, com exceção de Anna. Até mesmo o cão fiel recusou qualquer aproximação com o dono. São casos talvez extremos, mas podemos afiançar que na ordem dos afetos todos os casos são extremos. Além disso impossíveis de precisar. Sentimentos são apenas supostos, não podem ser pesados com exatidão, às vezes obedecem à moda e vêm embaraçados em fórmulas convencionais que só fazem gerar desconfiança e desconforto. Nos últimos meses Zeta me confessou que além das inconveniências da idade seu corpo se comportava de maneira imprevisível, com uma lógica além de qualquer compreensão. Como se objetivamente e de forma independente o corpo trouxesse à baila situações antigas, apagando por instantes qualquer referência próxima. O mais difícil era saltar do sonho. Despertava e ficava colada nele como se uma goma a cobrisse, e se debatia enquanto tentava resolver problemas vagos ou angustiantes criados pela escuridão da noite. Ao amanhecer, quando abria os olhos, ficava longos minutos sem se orientar, desconhecendo o quarto onde dormia desde a mocidade. Mas o mais interessante era a memória física: muitas vezes levantava-se com cuidado para não despertar o homem deitado ali a seu lado na cama, ou o bebê adormecido no berço. Explicou que era uma sensação concreta, não tinha nada de sentimental. E não doía. Isto é, talvez não doesse. Também não era alucinação. A sensação estava ali, tatuada no avesso da pele. Tatuada no sexo, pensei. A presença daqueles corpos um dia ao alcance de sua mão emergia agora dos lençóis silenciosamente, como as lágrimas dos olhos. Transformados em uma espécie de mucosa materna, atingiam seus sentidos com um calor úmido, e com o cheiro inconfundível dos líquidos do corpo. Era a sensação mais forte de todas e a mais persistente. Foi nessa ocasião que começou a relembrar também a presença dos filhos moços, morando naquela mesma casa. Acompanhei meses e meses o relato daquele périplo. Uma cena específica insistia: quando eles chegavam de madrugada ouviam música, fazendo comentários em voz baixa. Não distinguia suas palavras, mas a música se desenrolava como uma fita – branca, costumava pensar — flutuando na penumbra. Na ocasião sentia uma espécie de êxtase. Hoje a mesma cena surgia, a música e o sussurro das vozes. Mas todos já estavam longe.

E aqueles discos, grandes, negros, pesados, atravancando o armário, o que fazer com eles? Andou em círculos pela casa, pelo quintal e pela imaginação. As sugestões se resumiam a duas: vender a um colecionador, mas onde encontrar essa gente naquele buraco de província?, ou jogar tudo fora. Por que o drama, para que tanta sentimentalidade?, chegou a observar uma amiga, diante do fervor das palavras. Zeta argumentava que os discos eram mais vivos que os gatos, e igualmente cheios de segredos. Foi nessa época que escreveu ao filho mais novo, seu preferido, pedindo uma sugestão. Tinha medo de tomar uma resolução errada e pôr tudo a perder. Não escondi a surpresa diante daquela gravidade a respeito de objetos obsoletos, e ela me olhou com expressão dura. Pouco depois observei que Zeta passara a ficar muitas horas no quintal ao lado da casa, rodeando a mangueira. E olhava para os lados como se não quisesse ser vista. Era tamanha a agitação que nos encontros puxava conversa fora de propósito e cheguei a temer por sua sanidade. Mas uma bela manhã ela apareceu embrulhada num xale amarelo e sentou-se diante de mim. Antes que eu perguntasse alguma coisa, disse que já encontrara a solução. Era tão simples, e tão óbvia, não sabia como não atinara logo com ela. Não podia simplesmente jogar fora os discos, ou vendê-los a qualquer pessoa. Vender aliás era a pior solução. Antes quebrar um a um com uma pedra. As coisas que se quebram têm essa vantagem. O fato é que foram vivos e estavam mortos. Todavia o problema era só dela. Os mortos não têm problemas, disse. Tivera sim muito medo de agir, assim coisa de criança, uma espécie de temor de voar ou a vertigem dos espaços abertos. É que não se conformava, devia ser isso. A solução foi se libertar da piedade. Olhou séria e firme para mim. Enterrei os discos, disse calmamente, estavam mortos, precisavam ser enterrados.

Paixão de Lia

Lia foi internada aos noventa anos no Miguel Couto num sábado de calor intenso. Vomitava e sentia dores no ventre.

Quem se debruçasse na janela do apartamento de Isabel naquele dia, e torcesse a cabeça para a esquerda, veria o asfalto ondulando à beira-mar, pela irradiação ardente da luz.

Lia não possuía plano de saúde. A família começou a se organizar contrafeita, pois ninguém tinha dinheiro sobrando. Juntos se esforçaram para encontrar um hospital a preços módicos. Chamaram a afilhada de Lia, que era bem relacionada e estava num Congresso da Faculdade de Urbanismo. Ela afirmou sentir muitíssimo, mas ia apresentar um trabalho inédito, não tinha cabeça para mais nada. Lembraram de avisar o filho único da doente, que apareceu depois do almoço.

Ele foi logo dizendo, nada de hospital particular, vocês estão doidos? Ainda não acertei na Loteria Esportiva. Ia levá-la, isso sim, ao pronto-socorro do Miguel Couto.

Todos ficaram horrorizados, tentaram dissuadi-lo, em

vão. A partir dessa data a família passou a se referir a ele como o Canalha.

O Canalha saiu em disparada levando a mãe em seu carro de taxista, berrando pra ela parar de gemer, pois assim não podia se concentrar. Além disso não era responsável pelos solavancos do automóvel. A culpa não era mesmo dele nem do carro e, sim, do estado precário do asfalto. Por que a surpresa? Nesta cidade só votam em bandido. Também começou a reclamar dos vômitos que emporcalhavam o estofamento do carro, lavado naquela manhã.

No dia seguinte Lia estava morta.

A família só tomou conhecimento do fato dois dias depois, porque o Canalha deixara no pronto-socorro apenas seu número de telefone. Como trabalhava à noite e dormia de dia, não pôde ser encontrado.

Visitas também não eram permitidas. No dia seguinte ao da internação uma sobrinha se vestiu de branco, misturou-se às enfermeiras e descobriu Lia num quarto comprido lotado de doentes. Por instantes seus olhos baços se iluminaram ao vê-la, mas a dor a torturava, não tinha sossego e gemia muito. A sobrinha soube que os médicos a abriram do peito ao púbis, constatando que ela tinha pedras na vesícula. Tiraram as pedras e costuraram o talho. O problema eram os noventa anos. Se aguentar quarenta e oito horas estará salva, disse um assistente. Minha tia está sentindo muitas dores, observou a moça desesperada, os olhos úmidos. Normal, respondeu o assistente.

Mas Lia só pôde aguentar vinte e quatro horas. Se fosse mais moça aguentaria quarenta e oito, repetiram, e teria escapado. Nós avisamos.

A família a descobriu na geladeira do hospital, embrulhada num lençol encardido. O enterro foi providenciado às pressas. Temiam pelo cheiro após o descongelamento naquele calor.

Quando tudo acabou, a família se reuniu de novo em casa de Isabel, com exceção do Canalha, que se dizia exausto com tanta chateação. Além do mais não era vagabundo, precisava trabalhar. Tinha também de dar um trato no carro, que estava com um cheiro horrível de vomitado. Nenhum passageiro merece.

Isabel fez um café e começaram a falar de Lia. Concluíram que era uma pena, mas nunca tinham pensado tanto nela assim, enquanto estava viva. Recordavam agora que Lia era um pouco estranha, desde mocinha. Ninguém conseguia se aproximar muito, estava sempre meio ausente ou distraída, como se vivesse a bordo do bonde sacolejante de Matadouro. De lá acenava, e ninguém sabia se estava triste ou alegre. Visíveis eram os cabelos pretos bem curtos ao redor do rosto magro, os olhos pretos e as pestanas lisas e caídas como chuva.

Alguém foi de opinião que ela tinha criado o filho muito mal. Outro ponderou que talvez ele não fosse bom da cabeça. Não é normal uma pessoa herdar de antemão três apartamentos e expulsar a própria mãe de todos eles. Verdade que eram apartamentos pequenos e em locais desvalorizados, mas foram comprados com grande sacrifício, ela de mãos vermelhas de trabalhar, esfregando roupa no tanque. Em paga de tanta canseira não tinha para onde ir, perambulava e fazia rodízio para dormir em casa de parentes. Uma vez se confessou amargurada e envergonhada com aquela situação. O pior é que não podia se aproximar da neta, uma menina maravilhosa e inteligentíssima, ganhando medalhas na natação e estudando para ser médica.

Maravilhosa nada, disse outro, uma perfeita canalhinha como o pai. Parecia ter vergonha da avó.

Apesar de tudo isso, Lia juntava os tostões do benefício do INSS deixado pelo marido para dar a eles, que aceitavam com a maior naturalidade. Mãe é mãe, disse Isabel. A prova é que depois daquele sumiço em priscas eras, Lia só tinha voltado para casa quando pariu o Canalha. Aí entendeu o sofrimento e o amor de mãe.

Todos concordaram que aquela história de sair de casa e fugir para o Rio de Janeiro com uma amiga também não era normal. Pra que ter amiga de fora, sem eira nem beira, com uma família tão grande? Os irmãos começaram a implicar, a mãe estranhava, mas a amizade continuava. A verdade era que a tal amiga a tratava como uma empregada. Me dá isso, faça aquilo. E precisava fugir?

A sobrinha disse que se lembrava daquele dia, embora fosse muito pequena. Não era uma lembrança contínua, eram cenas que se iluminavam e se apagavam, naquela casa comprida que ela achava sem fim, balançando feito o bonde. De que é que você se lembra?, perguntaram. Lembro que era bem cedo e Lia varria a sala de jantar. De repente houve uma discussão com o tio Rubinho. Ou foi outro?, não sei bem. Ele tinha saído do quarto com a porta de vidro, que dava para a sala. Começou a gritar com Lia, por causa da amiga. Eu olhava tudo de baixo para cima e as pessoas eram enormes, o que eu enxergava melhor eram os joelhos e o chão com o lixo.

Viu a vassoura caída, depois empurrões e bofetadas. Se escondeu atrás do sofá, com muito medo. Quando o tio saiu, Lia estava encostada na parede, o rosto escondido nas mãos, soluçando. Quando tirou as mãos o rosto estava inchado e vermelho. Depois ela desapareceu, tudo desapareceu, não se lembrava mais de nada.

Lia voltou doze anos depois, disse Isabel, com um marido advogado, seco e com rosto fino, muito pálido, e um filho de seis anos. Os homens da família eram todos bonitos e fortes, custaram a aceitar o advogado, que usava brilhantina no cabelo e anel no dedo como uma moça. Era anel de grau, disse um. Sim, disse outro, mas qual a diferença? Pura frescura. O certo é que o filho era o Canalha. As crianças da família também estranharam aquele primo caído das nuvens. Era gordíssimo, disse alguém, pois Lia vivia enfiando comida naquele garoto goela abaixo. Aliás é gordo até hoje, corrigiram. Mas tudo terminou bem, a família acabou dissipando as mágoas, fez festas, veraneavam juntos na praia, furando as ondas de Gargaú, nadando na lagoa.

Lia era angustiada, observou uma jovem com ar sonhador. Dormia demais, talvez uma fuga, quase não comia, vai ver já sentia cólicas da vesícula. Em resumo, Lia, a mulher em trânsito, disse um rapaz. Bom nome para um filme.

A mais velha das irmãs, até então calada, disse: para mim o pai foi o responsável. Há coisas que ninguém apaga. Um dia, quando éramos crianças, ele enfiou a cabeça de Lia num urinol cheio de mijo para castigá-la, não me lembro mais de quê. Quando ele saiu, ela ficou ainda um tempo sentada no chão, o mijo escorrendo, branca como papel. Cuspia e não parava de repetir, quero que ele morra, quero que ele morra. Carreguei isso a vida toda, não foi fácil.

A sobrinha se debruçou na janela porque achava que não estava conseguindo respirar. Viu um gato branco na varanda alta do apartamento em frente. Lembrou-se de um pedaço de poema que falava do desejo seco como um cavalo-marinho, a cabeça roída pela maresia. Pensou que Lia já estava fechada em sua cova havia três horas, com seus bichos e sua escuridão.

Que idade teria a Terra na poesia?

Sister 1982

A Antonio Candido

O médico arrancou a máscara branca no corredor do hospital e lhe perguntou se aguentava ouvir a verdade. Ela respondeu, agora você tem que me dizer. Decidiu guardar segredo até o dia seguinte enquanto caminhava pela rua escura, ladeada de árvores batidas pelo vento de agosto. Mais tarde foram a uma exposição onde havia dois quadros, um homem e uma mulher, cada um em sua tela e com uma indicação, "Fausto" e "Margarida". Ela gritou ao pintor que ele não tinha o direito de separar os amantes. Insistiu loucamente que não, que não tinha. Ele inclinou a cabeça e pediu-lhe que voltasse no dia seguinte, no momento era impossível. Ela foi, arrastando o filho pequeno, impressionada com os passos que ecoavam na galeria deserta. A criança ergueu o rosto sério e segredou para a mãe, como ele desenha mal. Na conversa ela disse que as figuras eram inesperadas e pareciam prestes a não sei o quê. O pintor confessou que durante a tortura política tinha compreendido a fragilidade do corpo. Foi então que começou a pintar.

* * *

O quadro foi adquirido um ano depois da morte dele. Está assinado "Sister 1982". No tempo parado que se segue às desgraças pensou que o gesto podia ser interpretado como fantasia de substituição pela identidade dos nomes, ou desafio lançado à morte. Mas não era, embora não soubesse o que fosse aquele ardor. O artista escolheu na sala o melhor lugar para pendurar sua obra, segundo a inclinação da luz. Depois ela preferiu a parede em frente à porta, um pouco escura, mas a primeira coisa à vista ao entrar em casa. Deu uma festinha para celebrar a aquisição do quadro. Ria com exagero entorpecida pelo álcool, pensando em Johannes Dahlmann depois que aquele pássaro ou morcego roçou a sua testa, e se maravilhava de que não soubessem que estava no inferno.

A tela é organizada numa diagonal poderosa na qual tudo parece fluir do personagem à esquerda, impassível, em posição frontal, mas submetido a uma torção violenta da cabeça. Suas roupas são antiquadas, do perfil sobressaem o nariz ligeiramente adunco e o olho vazado pregado numa face áspera, talvez ferida. Custou a entender que ele se volta com tanta intensidade para ver, não o que olha, pois é cego, mas o que imagina: uma paisagem emoldurada emergindo por trás de seu ombro esquerdo e o separando de uma mulher, da qual só aparecem o rosto e parte do busto. O rosto é de pano branco, flutua prestes a desaparecer, apenas delineado a lápis ou carvão, a boca rubra parece uma chaga e a cabeleira está presa do lado direito pela moldura da paisagem, como por uma porta que batesse de repente antes do tempo. A única cor é o vermelho, verniz de sangue na boca, o que desvia a atenção do observador que mal percebe os olhos tristíssimos. Talvez ela chore. Pensou, ele parece ter vindo de uma guerra, a cabeça raspada como a de um prisioneiro, o olho vazado e a perna inchada enrolada em gesso. Depois reparou, não é gesso e sim rendas encharcadas de tinta branca. Outros pedaços de renda se incrustam no corpo e na roupa, um deles parece voar, soprado por um vento improvável. Certa vez encontrou desenhos de Delacroix ilustrando uma tradução francesa do livro, e se interessou por um deles representando o Fausto — com a mesma torção violenta da cabeça — galopando com Mefistófeles na noite do Sabbat. Achou paradoxal que a teatralidade do gesto a incomodasse, esfriando o sentimento e exigindo a interpretação, no momento em que estava às voltas com uma pergunta irrespondível.

Logo percebeu que ele não estava no quadro, ele não está no quadro que inverte o argumento do livro, funcionando como seu espelho. Pois o personagem aqui não abandona a câmara "de alta abóbada", nem os instrumentos do saber, para entregar-se à comunhão com a natureza por meio de uma levitação imaginária. Sua mão descansa no livro ao lado do que parece uma calculadora, a manga de sua túnica se esgarça num fio que circunda o espaço como uma teia, e ele está no interior do aposento que ocupa toda a extensão da tela. Parece haver na composição a intenção do artista de ser honesto, oferecendo seu trabalho francamente ao observador. Isso se baseia no desejo de continuidade entre o exterior e o interior da tela, o que é reafirmado pelo corte inesperado de objetos em primeiro plano. Assim o que vemos se aproxima de nós. O dentro e o fora trocam de lugar, se invertem e se misturam, o que é constante, por exemplo, em Degas. Essas sensações são reforçadas pela luz invariável — o tempo está parado —, pois a tela é iluminada de maneira homogênea e a claridade exigida para a observação do quadro já está dentro dele. O que se entende tradicionalmente por quadro, recortado e emoldurado, é um mero acessório da tela: representação da natureza, quadro dentro do quadro pregado no pano do suporte, e que parece uma ilha imaginária rodeada pela realidade pintada por todos os lados. É também o único trecho realmente colorido, com o céu azul cortado de nuvens se refletindo no rio entre margens brancas, antes de alcançar a foz. Observa a árvore solitária à direita, cujo verde da copa escorre para o chão, deixando nele uma mancha.

Ela é esverdeada, terminando num tom desmaiado de vermelho pálido, o mesmo que se vê na blusa da mulher e que se afirma violeta profundo em parte da roupa do homem — tom insistente até hoje em alguns trabalhos do pintor. O espaldar em primeiro plano de uma cadeira que mergulha e desaparece no canto direito, confundindo-se quase com o caixilho da tela, retoma essas cores e promove o equilíbrio das formas, separadas mas solidárias. Assim o que configuraria "uma poesia de abertura e expansão", segundo o acerto do crítico* ao examinar a cena decisiva do *Fausto* de Goethe, em Sister talvez se imobilize na frase famosa: "nunca sabemos o que precisamos e não precisamos do que sabemos". Essa ausência de horizontes é o que abala impressões de continuida-

---

* Cf. Antonio Candido, *O albatroz e o chinês*. Rio de Janeiro, Ouro sobre Azul, 2004.

des ou certezas, determinando talvez o sentido profundo da composição contraditória: desenho e óleo, cor e pano branco, tempo passado e presente, mas estranhamente parado, como se o pintor detivesse o giro da terra com a força de sua mão. Alguns visitantes indagam sobre o suposto inacabamento do quadro, destacando em muitos trechos o que acham ser o rascunho visível sob a forma definitiva. Mas às crianças isso não interessa, e é comum perguntarem curiosas, às vezes um pouco aflitas, por que ele está machucado?

Hoje o que me surpreende no quadro é o silêncio e a distância. Pode-se retrucar que todos os quadros mostram o que não está. Além disso as vozes soam — quando soam — apenas dentro de nossa cabeça. É verdade, mas a diferença é que este é o seu tema. Um quadro sobre o silêncio e a distância. Nunca mais ouviremos ou tocaremos o que um dia esteve a nosso alcance — bastava estender a mão. Tentando responder à pergunta insensata, às vezes penso que nada, nem portas nem vidraças, me separa desse espaço — o que é lógico; outras vezes acho que é um muro que posso tentar atingir com punhos fechados — o que também é lógico —, pois a visão não cede, não cederá jamais. Esta segunda hipótese se justifica, porque ele realmente não está nesse espaço. Não está em lugar algum. Mesmo assim me lembro sempre de Natasha, inclinada sobre o corpo de André Bolkonsky que acabara de expirar, se perguntando em voz alta, onde ele está agora?

O vivo o morto: anotações de uma etnógrafa

> [...] *construir-se é já abolir-se,*
> *e desaparecer será já realizar-se.*
>
> José Antonio Pasta

(tira um caderninho da bolsa e anota, mais perturbada que indecisa)

O vivo gosta do morto? É difícil decidir, mas o certo é que o morto não gosta, simplesmente porque está morto e já não gosta mais de ninguém.

Talvez o vivo também não, talvez viva enganado, já que a vida é mesmo ilusão, está provado. Porque se os coveiros abrissem ao mesmo tempo todos os túmulos de um cemitério, obedecendo a uma súbita inspiração — supondo que para escândalo geral coveiros também tenham inspirações e não apenas necessidades —, os enlutados mais desesperados estancariam as lágrimas, pois verificariam que todos os seus mortos queridos não são diferentes de qualquer outro, por quem nada sentem. Cada um com seus duzentos e seis ossos.

(acho que duzentos e seis)
Apenas ossos, todos iguais.
(salvo um ou outro detalhe insignificante)
Sem aqueles tecidos maravilhosos, macios. Sem as medulas coloridas. Sem os véus e as cordas das válvulas do coração, que, segundo todos os especialistas, parecem paraquedas. Talvez para nos salvar do tombo da morte. O que não fazem.
(a etnógrafa suspira)
Quem não sabe que no mundo é que está a salvação? Se não fosse verdade, o Santo não pregaria com tanta alegria, não aos espíritos invisíveis, mas aos pássaros e a outros bichos sem asas, isto é, nós. Democraticamente. No fim a carne se evapora, nossas próprias roupas duram mais, embora em frangalhos. Viram uma pasta, uma lama. Panos rasgados, cabelos e unhas mais duráveis, embora já inúteis. Por que então não se dissipam? Inúteis principalmente a seus donos, que ficam ali, caídos na cama ou no chão, esquecidos de tudo, esquecidos das mais ardentes promessas, indiferentes a lágrimas e a lembranças. Em seguida são enterrados como um segredo, que, uma vez revelado, não é segredo algum.
Mais do que isso,
(anota)
e isso já foi observado, todos morrem como animais, mesmo os feridos de maneiras diferentes. Por exemplo, alguns morrem rapidamente, de doença ou de ferimentos minúsculos, como os coelhos, que sucumbem ao menor golpe, até quando atingidos pelo vento sul ou pelo chumbinho de uma espingarda de criança. Outros morrem como os gatos, que suportam tormentos indizíveis, capazes de desafiar a imaginação — ora o aço de um punhal escarafunchando o cérebro, ora obrigados a se arrastar sobre carvões acesos com uma bala na cabeça. Resistem. Não dizem nada, como alguns revolu-

cionários. Só a degola dá cabo deles. Talvez por isso costumamos atribuir aos gatos as famosas nove vidas, pois à primeira vista não morrem nunca.

(a etnógrafa, pensativa)

No caso pessoal e dando um balanço na vida, sem dúvida gosto mais do morto, mas penso mais no vivo, já que o morto continua fora da vista, como se tivesse se dissolvido, e o vivo solto no pasto relinchando, a cabeleira-crina ondulada espanando o horizonte. Irresistível. E o morto não pode deixar de permanecer ali deitado desde o primeiro instante, quieto, até se desmanchar e ficar invisível, não somente no dia da morte, mas também amanhã. Pois estará irredutivelmente morto amanhã e depois de amanhã e para todo o sempre.

(lambe com a ponta da língua uma lágrima salgada, deliciosa infelizmente, que escorregava para sua boca)

A aproximação dele é quase tão difícil quanto atravessar apavorada o corredor dos pesadelos infantis, quando a mão das bonecas ganha vida independente dos corpos e aperta até hoje minha mão gelada. Aí é que está a dificuldade.

(ela anota)

Quero dizer, essa oscilação. Nele, o que é claro, evidente, é o caráter de aparição/desaparição, que precisa ainda da terra para germinar. Sem isso, como entender essa grande defesa e exigência dos túmulos, mesmo que os esqueçamos e os deixemos para lá. O que não é raro, pois estamos todos ocupadíssimos, sem tempo para nada.

(pensar mais nisso)

Mas o fato é que esses pobres restos repentinamente se reorganizam no espaço, arrastando toda pessoa viva. Por exemplo, aquela mulher, que ali vai naquela aleia do campo santo, levando nos braços e a passos ritmados a caixa fornecida pela polícia para o transporte dos ossos do amado. Vai enterrá-los outra vez após a exumação. A dimensão pragmática do meio-dia e do calor escaldante, o novo túmulo já aberto à espera, com baratas gordas fugindo espavoridas, ao lado da fivela numa maçaroca de cabelos da avó, ali enterrada antes, nada disso anula o lirismo da cena. É a mesma seriedade, são os mesmos passos ritmados no dia em que ela entrou, com seu vestido rodado, no frescor do templo iluminado a velas, pelo braço do pai (hoje também ossos) ao encontro do noivo (outro, mas não tem importância) à sua espera no altar.

A seta está cravada no vazio

(a etnógrafa conclui)

neste ponto preciso se esboça o gesto, abrindo espaço à poesia.

Agradecimentos

A Helô, por tudo, inclusive pela revisão criteriosa.

A Fernanda, pela leitura atenta, a Virgínia, Alexandre, Luíza e Michel, pelo apoio constante, e a Francisco, que leu "Caçadas" e acrescentou dados sobre a caça e a devoração de lagostas.

A Bertinha, pelas sugestões a "O rio".

A Élvia e Vicente, Vagner e Betânia, Roberto e Rodrigo, pelo interesse sempre demonstrado, que me sustenta.

A Gerty, pelo *Fragmento de um poema de Vilma Arêas*.

Ao *Fausto*, de Sérgio Sister.

A Laís, que ajudou a carregar o mimeógrafo.

A Carol, de cujo blog roubei dois pedaços de poemas.

Ao Pasta, cujo *Trabalho de Brecht* misteriosamente inspirou a solução do último texto, empacado havia anos.

Ao João, pela orelha deste livro.

A Josete e Isabel, porque as últimas são as primeiras.

Nota do editor

Alguns textos desta coletânea já apareceram em jornais e revistas. Abaixo, as referências relativas a essas primeiras publicações. Os contos não mencionados são inéditos.

"À queima-roupa" — *Inimigo Rumor* (com o título "Madeixa"), nº 14, primeiro semestre de 2003.

"Persistência da memória" — *Inimigo Rumor*, nº 16, primeiro semestre de 2004.

"A letra Z" — *Remate de Males*, nº 26.2, julho/ dezembro de 2006.

"República Velha" — *piauí*, nº 16, janeiro de 2008.

"Sister/1982" — *Literatura e Sociedade*, nº 12, 2009.

"Linhas e trilhos" — *Serrote*, nº 4, março de 2010.

"Lugar comum" e "Nem todos os gatos" — *piauí*, nº 61, outubro de 2011.

ESTA OBRA FOI COMPOSTA EM MERIDIEN PELO ESTÚDIO O.L.M./ FLAVIO PERALTA
E IMPRESSA EM OFSETE PELA GRÁFICA BARTIRA SOBRE PAPEL PÓLEN BOLD DA
SUZANO PAPEL E CELULOSE PARA A EDITORA SCHWARCZ EM NOVEMBRO DE 2011